柳阁风帆图

【宋】佚名

清明上河图（局部）　　[宋]张择端

南唐文会图　　［宋］赵昌

妆靓仕女图

〔宋〕苏汉臣

小庭戏婴图

［宋］佚名

群猿拾果图

[宋]易元吉

词之巅峰，传诵古今

只此宋词

许渊冲英译唯美宋词（上）

许渊冲——编译

读者出版社

图书在版编目（CIP）数据

只此宋词：许渊冲英译唯美宋词：上、下册 / 许渊冲编译 . -- 兰州：读者出版社，2023.12
ISBN 978-7-5527-0769-4

Ⅰ . ①只… Ⅱ . ①许… Ⅲ . ①宋词—选集 Ⅳ . ① I222.844

中国国家版本馆 CIP 数据核字 (2023) 第 196084 号

只此宋词：许渊冲英译唯美宋词
许渊冲　编译

责任编辑　房金蓉
封面设计　樊　瑶

出版发行　读者出版社
地　　址　兰州市城关区读者大道 568 号（730030）
邮　　箱　readerpress@163.com
电　　话　0931-2131529（编辑部）　0931-2131507（发行部）

印　　刷　天津鑫旭阳印刷有限公司
规　　格　开本 880 毫米 ×1230 毫米　1/32
　　　　　印张 23.5　字数 487 千
版　　次　2023 年 12 月第 1 版
　　　　　2023 年 12 月第 1 次印刷
书　　号　ISBN 978-7-5527-0769-4
定　　价　138.00 元（上、下册）

代序

为了更美，没有什么清规戒律不可打破。

——贝多芬

美是最高的善，创造美是最高级的乐趣。

——叔本华

如果说“创造美是最高的乐趣”，那么，古代的中国诗人可以算是享受过美好人生的了。因为早在两千多年以前，中国就创造了美丽的《诗经》和《楚辞》；后来，中国又创造了更美丽的唐诗和宋词。而在四者之中，最美丽的要算后来居上的宋词。因为宋词所表达的思想感情，有时似乎比唐诗还更深刻、更细致、更微妙。

词起源于隋代，全名是“曲子词”，“曲子”指音乐曲调，“词”指唱词。“曲子”和“词”最初是一致的。如敦煌曲子词中有一首《鹊踏枝》，词的上片是：“叵耐灵鹊多谩语，送喜何曾有凭据？几度飞来活捉取，锁上金笼休共语。”曲子（词牌）和词写的都是喜鹊。但是一支曲子可以填各种不同的唱词，后来，词的内容和词牌的名字（除了词人自作的曲子以外）就没有多大关系了。例如五代南唐冯延巳填了几首《鹊踏枝》：“梅落繁枝千万片”“谁道闲情抛弃久”“几日行云何处去”，等等，除第一首有“枝”字外，都和喜鹊没有什么关系。

经过隋唐五代近四百年，词有了很大的发展。《全唐五代词》只收录了词人一百七十多位，词两千五百多首；而《全宋词》及《补辑》却收录了词人一千四百三十多位，词更多达两万八百多首，几乎是前人总和的八倍。因为唐、宋两代是中国历史上经济繁荣、文化昌盛的时期，而当时西方正处在黑暗时代，所以唐、宋王朝是那时世界上最发达的国家。尤其是宋代，达官贵人蓄养家妓的风气，士大夫诗酒歌舞的生活，都胜过了前朝。从晏几道在《鹧鸪天》中写的：“彩袖殷勤捧玉钟，当年拚却醉颜红。舞低杨柳楼心月，歌尽桃花扇底风。”也可见一斑了。

宋词的第一个高峰，是在宋仁宗的统治时期，代表人物是晏殊（晏几道的父亲）和欧阳修。他们做官做到宰辅大臣，写词侧重于反映士大夫阶层闲适自得的生活，以及流连光景、感伤时序的情怀，所用词调还是以晚唐五代文人常用的小令为主，词风近似南唐的冯延巳。例如晏殊的《浣溪沙》：“一向年光有限身，等闲离别易销魂。酒筵歌席莫辞频。满目山河空念远，落花风雨更伤春。不如怜取眼前人。”词的上片说，人生是短暂的，充满了离别的忧伤，所以能够歌舞饮宴的时候，就及时行乐吧！下片又说，看到山河就怀念远方的人，加上花谢花飞、风风雨雨，更使人悲哀。但哀悼过去，梦想未来，有什么用呢？还不如珍重现在吧！从这首词可以看出，晏殊是个理性词人，他有一种掌握自己、节制感情、寻求安慰的办法。

晏殊节制感情，用的是消极的办法；欧阳修却更进一步，即使在苦难中，也能用对美好事物的欣赏来排遣他的忧愁，因此可以说，他用的是积极的办法。例如他写的《玉楼春》下片：“离歌且莫翻新阕，一曲能教肠寸结。直须看尽洛城花，始共春风容易别。”这四句词典型地体现了欧阳修用情的态度。人总是有分有合的，花总是有开有落的，趁着人在花开的时候，要尽情享受现在的美好；等到人散花落的时候，再与春天告别，也不至于那么难分难舍，因为人毕竟已经享受了美好的春天，没有辜负春光，对得起自己了。欧阳修不但能欣赏大自然美好的那一面，人世间美好的那一面，而且对悲伤感慨的事物，也能看到可以欣赏、可以美好的那一面。例如第四首《采桑子》："群芳过后西湖好，狼藉残红。飞絮濛濛。垂柳阑干尽日风。笙歌散尽游人去，始觉春空。垂下帘栊。双燕归来细雨中。"西湖花落，柳絮飘扬，令人悲伤，但栏杆外的垂柳，整日在春风中摇摆，那婀娜悠扬的姿态，那经历过繁华之后，感到万紫千红总是空的意境，难道不是可以欣赏的吗？那经历过斜风细雨、双双归来的燕子，不也是很可爱的吗？因此，欧阳修的小令可以说是达到了宋词初期的最高境界。

严格说来，晏殊和欧阳修只是北宋前期婉约派的代表人物，而豪放派的代表却是与他们同时的范仲淹。范仲淹具有"先天下之忧而忧，后天下之乐而乐"的博大胸怀，曾率大军抗击西夏的武装侵略。他的词写边塞风光，如"四面边声连角起""羌管悠悠霜满地"；写军旅生活，如"燕然未勒归无计""将军白发征夫泪"；写悲凉慷慨，如"酒入愁肠，化作相思泪"等。可惜他的词传世的不多，只能算是开了豪放派的先声。

范仲淹和晏、欧写的都是小令，每首只有几十个字，内容受到形式的限制；把小令发展成为长调的重要词人是柳永，柳词一首可以长达二百多字，内容更加开阔高远。晏、欧词里的感情主要是写"春女善怀"，柳词却转变为"秋士易感"了。晏、欧做过大官，用词高雅，感情凝练；柳永却接近市民，用白话入词，善于铺陈。例如他的代表作《雨霖铃》就是层层铺叙的典型。他依次把送别的气氛（寒蝉凄切）、地点（都门的长亭），以及过程（留恋，催发，执手，相看，泪眼，无语，凝噎，直到念千里烟波等），一层层铺展开来，焦点由近而远，感情由浅入深。到了下片，更从个人的离别，想到自古以来普天下有情人的离别，从狭隘的个人遭遇，悟到人生聚散无常的哲理。但他并没有以理化情，而是进一步融情入景，把自己的离愁别恨，化成了“杨柳岸晓风残月”。这还不够，他又更进一步，推想到离别后惨不成欢的情况，“良辰好景虚设”，平常日子自然更难挨了。又如他的《忆帝京》也用平白的口语描写了迂回曲折的感情：先写别后失眠的痛苦（“展转数寒更，起了还重睡”），接着一转，想“回征辔”，但是无奈“已成行计”，就这样反反复复，思前想后，结果还是忍痛接受现实（“系我一生心，负你千行泪”）。后人冯煦评柳词说：“曲处能直，密处能疏……状难状之景，达难达之情，而出之以自然，自是北宋巨手。”

概括地说，北宋前期，词坛上呈现着贵族词与平民词、雅词与俗词、小令与长调这样一种双峰对峙的局面。前者的高峰是欧阳修，后者的高峰是柳永。同期还有一位以写“云破月来花弄影”而出名的词人张先，他既写小令，又写长调，“适得其中，有含蓄处，亦有发越处”，出入于欧、柳两派之间，而以小令为主。到了北宋中期，王安石步武范仲淹，写了怀古咏史的豪放词《桂枝香》，打破“诗言志”而“词言情”的题材分工，冲决“诗庄词媚”的风格划界，他成了承前启后的中坚人物。

北宋中期词坛的高峰是苏轼。他融会了儒道两家最美好的品格和修养，那就是“穷则独善其身，达则兼济天下”。在显达的时候，他有儒家“兼济天下”的理想；在失意的时候，他有道家超脱旷达的胸怀。这体现在他的《沁园春》中：“用舍由时，行藏在我。”这两句词概括了中国古代知识分子的人生哲学。苏轼是北宋词坛豪放派的代表人物。关于“豪放”，陆游说他“不喜剪裁以就声律”，是说他的性情不受束缚；刘熙载说：“若其豪放之致，则时与太白为近。”是指他的风格。他豪放词的代表作是《念奴娇·赤壁怀古》，这首词是他贬谪到黄州时写的，但他却把个人的忧伤感慨，融合到广大开阔的自然景色之中，融合到古往今来的历史潮流之中。于是他的感慨，就不只是个人的成败得失，而是千古风流人物的盛衰荣辱：他不把个人的忧患看得那么沉重，因为古今有多少人物和他一起分担了这些盛衰兴亡的感慨，他就借古人的酒杯，浇自己的块垒。词里有他政治理想落空的忧伤，但他并没有被忧伤压倒，而是让自然景色——让江水和明月来替他分忧；他甚至和江月融合为一，在“浪淘尽千古风流人物”的大江看来，在见过多少盛衰兴亡的明月看来，个人的成败得失算得了什么？就是这样，他以理化情，摆脱了忧伤的束缚，而这首词也成了豪放派的名作。

苏轼不但写豪放词，他写的婉约词也与前人不同。前人抒发的感情，不外乎伤春、悲秋、离别、相思，描写的女性总有点朦胧，有点概念化。到了柳永，他描写的景物是眼中所见的景物，描写的女性是现实生活中他爱过的女性，比前人进了一步，但他并不能摆脱利害得失和感情的束缚。只有苏轼，才把词当成言志抒情的工具，用词的形式表达诗的传统题材，咏史怀古，谈政论事，山水田园，赠答伤悼，“无意不可入，无事不可言”。他词中的女性也没有一般婉约词中的脂粉之气、卑顺之态、绸缪之情、婉转之辞，并不止于吟风玩月，而是往往寓有深意。例如他的《洞仙歌》中的花蕊夫人，丝毫不给人轻佻感，一片晶莹，显示了词人理想的境界，“冰肌玉骨”体现了词人理想的品格。又如他的《贺新郎》上片写一个高洁绝俗的美人，下片写群芳谢后才开的石榴花；美人幽雅独处，榴花不屑与浮花浪蕊为伍。这婉转隐约地写出了词人的不遇之感，可以说是词中的《离骚》，而苏词的特点就是“以诗为词”。即使他的山水田园词，如《浣溪沙·徐门石潭谢雨道上作》五首，以轻妙细腻的描写，平静地观照人生众相，虽然写的是日常生活的某个画面，却使人感到超越了单纯的写实，而具有广泛的象征性。《定风波》则更表现了对人生的达观态度。

如果说苏轼是“以诗为词”，那么苏门学士秦观写的却是“词人之词”。他的词中不必有什么寄托，什么理想，只有一种轻柔、细腻、婉转、微妙的感觉。如他的《浣溪沙》，上片写小楼上漠然、寒冷的感觉，写和秋天傍晚一般阴沉、萧索的春天早晨，写屏风上烟水朦胧的景色，写的是楼上的景物，却可以感到楼上人融入景中的情思。一般词人常把抽象的感情比作具体的景物，秦观却把具体的形象比作抽象的感情，在下片说“自在飞花轻似梦，无边丝雨细如愁”，这既用抽象的梦和愁来形容具体的花和雨，又反过来从实到虚，用帘外所见的“飞花”和“丝雨”来描写楼上人的幽怨，真是情景交融，迷离恍惚，耐人寻味。秦观不单是用眼中所见的实景，还用心中所想的虚景，来和词中抒发的感情结合。例如他的《踏莎行》，上片的“雾失楼台，月迷津渡”，写的并不是现实的景物；“桃源望断无寻处”，也是写内心幻灭的感觉；这几句写雾、写月、写桃源，和后面写的“杜鹃声里斜阳暮”的现实情景，是不相符合的，所以说是心中所想的虚景。下片说自己对家人亲友的怀念，想托驿使带信回去，这是写实；接着说不能回家的愁与恨，是像砖石一样一块一块地堆砌起来的，这又是虚实结合。最后说“郴江幸自绕郴山，为谁流下潇湘去”，更是实事虚用，象征自己本应在家，为何贬谪异乡？思家怀旧，已经移情山水了。

集北宋婉约派大成、开南宋词坛先声的人物是周邦彦。他继承了柳永，但比柳更幽折多姿，又比秦观更深沉含蓄。他的代表作是《兰陵王·柳》，这首词托柳起兴，其实是写离情的。上片先写送别的地方：柳树成行，柳荫蔽地，连成一条直线。这表面上是泛写柳，实际上是写送别的背景。接着问城外隋堤上的柳树，柔条拂水，柳花飘绵，见过多少次送别的情景？这是借问柳写离情。然后，“登临望故国，谁识京华倦客”？这时主人公才出场。“做客，一可悲；做客已久（“倦”），二可悲；望故乡而不见，三可悲；无人能了解（“识”），四可悲”（艾治平语）。写得多么深刻曲折！“长亭路，年去岁来，应折柔条过千尺！”这表面上是写爱惜柳树，内心却蕴藏着离别频繁、风尘奔走的感叹，写得多么情意深沉，含蓄不露！中片“闲寻旧踪迹”，写话别时旧地重临，但并不像柳永那样“执手相看泪眼”，也不像秦观那样“罗带轻分”，只写眼前看到的“离席”，耳中听到的“哀弦”，什么也没说，什么也没做，但离别之苦，却不言而喻。下片还是抒写离情，“斜阳冉冉春无极”一句，梁启超说：“七字绮丽中带悲壮，全首精神提起。”这是借乐事写哀情，倍增其哀，因为下面接着回忆“月榭携手，露桥闻笛”等赏心乐事。如果和秦观的“杜鹃声里斜阳暮”以哀景写哀来比较，就可以看出秦、周的不同了。

北宋末年，金兵南侵，汴京失陷，徽宗、钦宗二帝被俘，高宗南渡，建都临安，开始了南宋血和泪、剑与火的时代。用血泪写词的有宋徽宗赵佶，他的《燕山亭》说：“天遥地远，万水千山，知他故宫何处？怎不思量，除梦里有时曾去。无据，和梦也新来不做！”真是杜鹃啼血，一字一泪。用剑与火写词的有抗金名将岳飞。他的《满江红》光昭日月，气吞山河，是南宋前期豪放词的代表作。

南宋前期婉约派的代表，是中国古代最杰出的女词人李清照。她用口语写词，但比柳永高洁，比秦观素雅，比周邦彦清浅，辞淡于水，味浓如酒。她《醉花阴》中的“人比黄花瘦”，形象地写出了生离之苦；《声声慢》中的“寻寻觅觅”，又声泪俱下地写出了国破家亡、死别之痛。

南宋前期的爱国诗人陆游，既写豪放词，又写婉约词。他和欧阳修、苏轼一样，都是诗人写词。诗和词的分别，据缪钺说：“诗显而词隐，诗直而词婉，诗有时质言而词更多比兴，诗尚能敷畅而词尤贵蕴藉。”陆游只有欧、苏诗人的气质，没有他们词人的眼光和笔法，所以陆词缺少婉转含蓄之类。他的豪放词多写壮志未酬的感慨，如《诉衷情》（当年万里觅封侯）；他的婉约词则写对前妻终生不忘的怀念，如《钗头凤》；他的托喻词不多，但《卜算子·咏梅》却是佳作。

南宋豪放派的顶峰是辛弃疾。他和北宋苏轼齐名，两人的词都摆脱了那种绮罗香泽、剪红刻翠的作风，而抒写自己的怀抱志趣。苏轼既有儒家的用世之志，又有道家的旷达胸怀，但他的词抒旷达之怀多于言用世之志，而辛词却言志更多，甚至可以说是用生命来写词的，而他的志就是要收复失地。例如他南渡后写的第一首词《水龙吟·登建康赏心亭》，上片写沦陷区的山川在倾诉愁恨，说的是山，其实指的是人，真是情景交融。他空怀报国之志，只能在赏心亭上看落日西沉，听孤雁哀鸣；这些景语都是情语，“落日”暗喻南宋局势岌岌可危，“断鸿”暗喻自己孤立无援。他看刀抚剑，表现了空有杀敌立功之意，但“报国欲死无战场”，只能拍遍栏杆，愤愤不平。但醉生梦死的投降派，哪能理解他登高望远的感慨呢！下片他借历史典故抒写自己抑郁的情怀、失意的悲痛。他不能像张翰那样贪图家乡风味而弃官还乡，也不能像许汜那样没有忧国救世之心，只知购置田产房舍，而是像桓温一样担心虚度年华，不能实现收复失地之志。但是哪有红颜知己来揩干这英雄失意的眼泪呢？如果说苏轼是“以诗为词”，辛弃疾则多用典故，可以说是开了“以文为词”的先声。他写的婉约词《摸鱼儿》，梁启超说是“回肠荡气，至于此极。前无古人，后无来者”，其实也是借美人伤春来言志的。

南宋婉约派的代表是姜夔。沈义父说他“清劲知音”。所谓“清劲”，就是出奇制胜，不同凡俗；所谓“知音”，就是和周邦彦一样懂得音乐，炼字造句符合声律。他出奇制胜，如《扬州慢》中的“废池乔木，犹厌言兵”，连草木都反对入侵的金兵，人自然更不消说了。又如《点绛唇》中的“数峰清苦，商略黄昏雨”，用“清苦”二字形容云雾缭绕的山峰，用“商略”二字把山拟人化，仿佛山也在商量如何对付晚来的凄风苦雨，写得非常生动。他不同凡俗，喜欢写高洁的荷花和梅花。写荷花如《念奴娇》中的“嫣然摇动，冷香飞上诗句”，把荷花比作含情脉脉的美女，启发了词人的诗兴，创意新奇。他写梅更自制了《暗香》和《疏影》二曲，前者以笛声兴起明月梅下的高士风致，塑造了自己如“野云孤飞”、飘然不群的形象；后者用玉龙哀曲总收客边篱角的佳人幽情，暗喻徽钦二帝被虏北去、后宫嫔妃葬身胡尘，隐现了他忧国伤时的悲哀，开了象征派的先声。他炼字造句，如《暗香》中“千树压西湖寒碧”的“压”字，《踏莎行》中“淮南皓月冷千山”的“冷”字，都将自然景物的静态美转化为动态美了。他词中的音乐美，杨万里说过：“有裁云缝月之妙思，敲金戛玉之奇声。”可以和周邦彦媲美。缪钺说：“周词华艳，姜词隽淡；周词丰腴，姜词瘦劲；周词如春圃繁英，姜词如秋林疏叶。”

吴文英和姜夔一样，都继承了周邦彦含蓄雕镂、重视格律的词风，但姜词不像周词那样勾勒描绘，而是弃貌取神；吴词却把周词的含蓄发展到了朦胧的地步。例如周词《蝶恋花》中的“月皎惊乌栖不定”，写的是明月和乌鸦之景，抒的却是离人感到月明星稀、乌栖不定的不眠之情，非常含蓄，是寓情于景。而姜词《踏莎行》中的“淮南皓月冷千山”，既没有描绘月，也没有刻画山，只是摄取月和山的神韵，用了一个“冷”字，其实是移词人之情于景。再看吴词《浣溪沙》的下片：“落絮无声春堕泪，行云有影月含羞，东风临夜冷于秋。”前两句很像李商隐《锦瑟》中的名句“沧海月明珠有泪，蓝田日暖玉生烟”也和李诗一样朦胧，一样难以猜测作者指的是谁。可能第一句的“春”是指词人，看见“落絮”而想起远离的情人，因此流泪；“春”也可能是指情人，词人看见“落絮”而想到她在流泪了；还可能是写景，“春”甚至是象征南宋！“落絮”是春天无声的眼泪。第二句容易些，“月”大约是指情人，词人看到“行云”就想到她含羞的表情；也不排斥是寓情于景，像白居易《长恨歌》中的“行宫见月伤心色”那样，这里就是“行云遮月含羞色”；“月”还可能象征南宋，那“云”就指敌人了。第三句大约是借景写情，词人感到凄凉，所以觉得春风比秋风更冷；也可能是去年秋天两人同游，所以不觉秋风之寒；还可能是暗写亡国之恨，所以一句之内时空交错，可以说是开现代派的先声了。吴文英还有一首《唐多令》，显示了词转化为曲的方向：一是加了衬字，如“纵芭蕉不雨也飕飕”中的“也”字；二是用了拆字的写法，如“何处合成愁？离人心上秋”，把“愁”拆成“秋”和“心”。后来《西厢记》把“奸”字拆成“女字边干”，就是一例，这说明了吴词对后人的影响。

南宋末期，婉约派四大家周密、王沂孙、蒋捷、张炎，都受了姜、吴的影响。周密注重音律，如《曲游春》中“正满湖碎月摇花，怎生去得”，最后四字平上去入，完全协律。王沂孙的咏物词“空绝古今”，用隐语暗喻来写深刻的亡国之恨，如《天香·咏龙涎香》，把朦胧词推到了隐晦的地步。蒋捷兼有婉约、豪放两派之长，词中抒发故国之思、山河之恸，被称为“长短句之长城”，对后世影响颇深。他的《霜天晓角》比吴词《唐多令》还更接近元曲。张炎是名将之后，词风承接周、姜两家，“兼有二家之长而无其短”，所作“备写其身世盛衰之感”。他的代表作《解连环·孤雁》，把象征词推向一个新的高度。最后，宋末词人还有“杀身成仁，舍生取义”的民族英雄文天祥，但他一死，南宋就灭亡了。

我译《宋词》和译《诗经》《楚辞》一样，尽量要保存原文的意美、音美、形美。首先，所谓意美，就是不但要译原文的表层形式，还更要译原文深层的内容，甚至言外之意。如果原文的内容和形式统一，那翻译比较容易；如果内容和形式有矛盾，那只好舍形式而取内容；如果原文的形式可以包括几种不同的内容，那就要选择最美的一种，所以说是意美。例如苏轼《念奴娇·赤壁怀古》中说："遥想公瑾当年，小乔初嫁了，雄姿英发。羽扇纶巾，谈笑间，樯橹灰飞烟灭。故国神游，多情应笑我，早生华发。"这几句中有三个问题：第一，"羽扇纶巾"指谁？是周瑜还是诸葛亮？郭沫若说指诸葛亮。从真（史实）的观点看来，《三国志》上说诸葛亮并没有参加赤壁之战，草船借箭和借东风都是《三国演义》编出来的，"羽扇纶巾"是三国时期的服饰，儒将都用，并不限于诸葛。从美的观点看来，凭空插入一个诸葛亮，会打破词情的上下连贯；如指周瑜，则"羽扇纶巾"正好说明"雄姿"，和小乔谈笑间，敌船灰飞烟灭，正好说明风流儒将，英姿焕发。第二，"樯橹"有人说是"强虏"，从美的观点看来，杀人不如放火，而赤壁主要是水上火攻。第三，"多情"指谁？"故国"指什么地方？有人说指苏轼夫人"神游"故乡；多数人认为凭空插入苏夫人不妥，应指周瑜"神游"赤壁；郭沫若更说是周瑜和小乔同游，画面更美。"多情"是谁？有人说是周瑜，有人说是词人自作"多情"，这句是倒装句，应该读成"应笑我多情，早生华发"。只有郭沫若力排众议，独辟蹊径，认为"多情"是指小乔，先和周瑜谈笑，又笑词人“早生华发”，两个“笑”字把小乔写活了，形象最美。所以我的译文采用郭说。

其次，所谓音美，是要尽可能传达原文的音韵、节奏、双声、叠韵，等等。原文押韵，译文要尽可能押韵；原文有平仄，译文可以改为轻重音；原文多用双声字等，译文也可用双声词等。如李清照的《声声慢》词中多用凄戚之声，译文也尽可能用了凄戚之韵。

最后，所谓形美，包括句行的长短、句间的对仗、词句的复沓等。如吕本中《采桑子》的上片：“恨君不似江楼月，南北东西。南北东西，只有相随无别离。”一句七字，二句四字，二、三句重复。七字对仗如晏殊《浣溪沙》中的名句：“无可奈何花落去，似曾相识燕归来。”四字对句如秦观《鹊桥仙》中的“纤云弄巧，飞星传恨”。又如陆游《钗头凤》中的“一怀愁绪，几年离索。错，错，错！”既有对仗，又有词的重复。英文前言中举了蒋捷《一剪梅》不同的译文为例，可见高下。

诗是绝妙好词的绝妙安排。在我看来，绝妙好词就是富有意美和音美的文字，绝妙安排就是富有形美或三美的安排。所以译文也应该是绝妙好词的绝妙安排。但原文和译文的绝妙好词并不是对等的，如上面说的“南北东西”和“无别离”，既有意美又有押韵的音美，在中文是绝妙好词，绝妙安排；译成英文，“西”和“离”并不押韵，没有音美，这就要译者妙手巧安排，译得使人知之、好之、乐之了。

这本《宋词三百首》内容以小令为主，翻译方法基本用的是优化法。如上面提到的吕本中《采桑子》上片的新旧译文如下：

I regret you could not be like the full moon bright,
Shining all night.
Shining all night,
It is ever in view and never out of sight.（旧译）

I'm grieved to find you unlike the moon at its best,
North，south，east，west.
North，south，east，west，
It would accompany me without any rest.

比较一下原文和新旧译，可以看出“江楼”二字都没有译，如果译成riverside tower or pavilion，那就音节太多，不是绝妙好词。旧译译成“满月”，新译译为“最美满的月亮”，意美不比“江楼月”差，音美和形美却胜过了对等的译文。“南北东西”旧译把空间换译成时间，新译把“南北”颠倒为“北南”，可见原文的绝妙排列不一

定是译文的绝妙排列，也要做适当的调整。新旧译都传达了原文的意美，但新译比旧译更形似，所以是更妙的好词。“只有相随无别离”的旧译说“永远在望”，新译说“永远相伴不休息”。新译的意美不在旧译之下，形似却在旧译之上，但若论词而不论译，旧译音美又在新译之上，所以只好让百花齐放了。贝多芬说过：“为了更美，没有什么清规戒律不可打破。”如果我们能用优化的译法，把中国的古典诗词译成富有意美、音美、形美的外文，那一定可以使世界文化变得更加光辉灿烂。

许渊冲

2003年4月18日

目录

CONTENTS

郑文宝

ZHENG WENBAO

作者简介

郑文宝（953—1013），字仲贤，一字伯玉，汀州宁化（今福建三明）人。北宋诗人、官员、学者。

原仕南唐，为校书郎，北宋太平兴国八年（983年）登进士第，历官陕西转运使、兵部员外郎。

善篆书，工琴，以诗名世，风格清丽柔婉，所作多警句，为欧阳修、司马光所赞赏。今有《江表志》《南唐近事》等。

柳枝词

亭亭[①]画舸[②]系春潭，直到行人酒半酣[③]。

不管烟波与风雨，载将离恨过江南。

① 亭亭：高高耸立的样子。

② 画舸：即画船。

③ 半酣：半醉。

Willow Branch Song

The painted ship on vernal lake has tarried long
Until half-drunk, no one will sing a farewell song.
At last the sorrow-laden ship goes on before
Through mist and rain, through wind and waves to southern shore.

王禹偁

WANG YUCHENG

作者简介

王禹偁（954—1001），字元之，济州巨野（今山东巨野）人。北宋诗人、散文家，宋初有名的直臣。

北宋太平兴国八年（983年）进士，历任右拾遗、左司谏、知制诰、翰林学士，终官黄州知州，世称王黄州。因敢于直言讽谏，屡受贬谪。

诗文均有出色成就。今有《小畜集》。词作仅存一首，却对词坛有相当的影响。

点绛唇·感兴

雨恨云愁，江南依旧称佳丽。
水村渔市，一缕孤烟细。

天际征鸿，遥认行如缀[①]。
平生事，此时凝睇[②]，谁会[③]凭阑意？

① 行如缀：指排成行的大雁，一只接一只，如同连在一起。缀，连接。
② 凝睇：注视，凝视。
③ 会：理解。

Rouged Lips

Laden with frowning cloud and steeped in tearful rain,
The southern shores still beautiful remain.
In riverside village flanked with fishermens fair,
A lonely wreath of slender smoke wafts in the air.

Afar a row of wild geese fly,
Weaving a letter in the sky.
What have I done in days gone by?
Gazing from the balustrade, could I weave my way
As far as they?

寇准

KOU ZHUN

作者简介

寇准（961—1023），字平仲，华州下邽（今陕西渭南）人。北宋政治家、诗人。与白居易、张仁愿并称“渭南三贤”。

太平兴国五年（980年）进士，授大理评事、知归州巴东县，累迁殿中丞、通判郓州。后两度入相。乾兴元年（1022年）数被贬谪，终官雷州司户参军。次年九月，病逝于雷州。后宋仁宗谥“忠愍”，下诏为其立神道碑，并亲于碑首撰“旌忠”二字，复爵“莱国公”，故后人多称“寇忠愍”或“寇莱公”。

善诗能文，七绝尤有韵味。有《寇忠愍公诗集》三卷传世。

踏莎行[1]·春暮

春色将阑[2]，莺声渐老，红英落尽青梅小。
画堂人静雨蒙蒙，屏山[3]半掩余香袅。

密约[4]沉沉[5]，离情杳杳[6]，菱花[7]尘满慵将照[8]。
倚楼无语欲销魂，长空黯淡连芳草。

---

① 踏莎行：词牌名。又名《踏雪行》《柳长春》《喜朝天》等。双调五十八字，另有双调六十六字，皆仄韵。

② 阑：残、尽、晚。

③ 屏山：即屏风。

④ 密约：指男女之间互诉衷情，暗约佳期。

⑤ 沉沉：深沉。此处指终身大事。

⑥ 杳杳：深远，无边际。

⑦ 菱花：镜子。

⑧ 慵将照：懒得拿起镜子来照。慵，懒散，懒得。

Treading On Grass

Springtime is on the wane;
The oriole's song grows old.
All red flowers fallen and green mume fruit still small.
Quiet is painted hall despite the drizzling rain,
Half-hidden by the screen a wreath of incense cold.

Our vow deep, deep in the heart,
We're sad to be far, far apart.
I will not look into my brass mirror dust-grey.
Silent, I lean on rails, my soul pining away,
My longing like green grass would join the vast dim sky, alas!
Would join the vast dim sky, alas!

潘阆

PAN LANG

作者简介

潘阆（？—1009），字梦空，一说字逍遥，号逍遥子，大名（今河北邯郸）人，一说扬州（今江苏）人。北宋初著名隐士、文人。

宋太宗至道元年（995年）赐进士，任国子监四门助教。性格疏狂，曾两次坐事亡命。宋真宗时释其罪，任滁州参军。

有诗名，亦工词，风格类孟郊、贾岛。今有《逍遥词》。存词《酒泉子》十首。

酒泉子[1]·长忆西湖

长忆西湖，尽日[2]凭阑楼上望。
三三两两钓鱼舟，岛屿[3]正清秋。

笛声依约芦花里，白鸟[4]成行忽惊起。
别来闲整钓鱼竿，思入水云[5]寒。

① 酒泉子：词牌名，有两体，一为温庭筠体，为词牌正格，双片四十一字；二为潘阆体，又名《忆余杭》。
② 尽日：整天。
③ 岛屿：此处指湖中三潭印月、阮公墩和孤山三岛。
④ 白鸟：白鹭，又名鹭鸶，腿修长，能涉水捕食鱼虾。
⑤ 水云：指远处江面与天际云朵交会在一起的地方。

Fountain of Wine

I still remember West Lake,
Where, leaning on the rails, I gazed without a break.
Oh fishing boats in twos and threes
And islets in clear autumn breeze.

Among flowering reeds faint flute-songs rose,
Startled white birds took flight in rows.
Since I left, I've repaired my fishing rod at leisure,
Thoughts of waves and clouds thrill me with pleasure.

酒泉子·长忆观潮

长忆观潮[①]，满郭[②]人争江上望。
来疑沧海尽成空，万面鼓声中。

弄潮儿[③]向潮头立，手把红旗旗不湿。
别来几向梦中看，梦觉尚心寒。

---

① 长忆观潮：长，通假字，通“常”，常常、经常。观潮，杭州湾钱塘江口的涌潮，为天下奇观。杭州自古有中秋观潮的风俗。

② 郭：即城郭，城楼外围加筑的一道城墙。

③ 弄潮儿：在水中迎潮戏浪的人。

Fountain of Wine

I still remember watching tidal bore,
The town poured out on river shore.
It seemed the sea had emptied all its water here,
And thousands of drums were beating far and near.

At the crest of huge billows the swimmers did stand,
Yet dry remained red flags they held in hand.
Come back, I saw in dreams the tide o'erflow the river,
Awake, I feel my heart with fear still shiver.

林逋

LIN BU

作者简介

林逋（967—1028），字君复，钱塘（今浙江杭州）人。北宋著名隐逸诗人。

幼时刻苦好学，通晓经史百家。书载性孤高自好，喜恬淡，不趋荣利，终身不仕不娶。漫游江淮，后隐居西湖，结庐孤山。唯喜植梅养鹤，自谓“以梅为妻，以鹤为子”，人称“梅妻鹤子”。每逢客至，叫门童子纵鹤放飞，林逋见鹤必棹舟归来。天圣六年（1028年）卒，宋仁宗赐谥“和靖先生”。

林逋作诗随就随弃，从不留存。后人辑有《林和靖诗集》。今存词三首。

长相思[1]·吴山青

吴山[2]青，越山[3]青。

两岸青山相送迎[4]，谁知离别情[5]。

君泪盈，妾泪盈。

罗带同心结[6]未成，江头潮已平[7]。

---

① 长相思：词牌名，又名《双红豆》《忆多娇》《相思令》，取之于《古诗·孟冬寒气至》中“上言长相思，下言久离别”之句。这一词牌多写男女思念之情。

② 吴山：位于杭州西湖东南面、钱塘江北岸的山，山体延伸入市区，海拔约百米。春秋时为吴国南界，故名。

③ 越山：泛指钱塘江南岸群山，此地古代属越国，故名。

④ 相送：一作“相对”。

⑤ “谁知”句：一作“争忍有离情”。争忍，怎么忍心。

⑥ 同心结：将罗带系成连环回文样式的结子，古时象征定情。

⑦ “江头”句：通过涨潮暗示船将启航。江头，一作“江边”。

Everlasting Longing

Northern hills green,

Southern hills green,

The green hills greet your ship sailing between.

Who knows my parting sorrow keen?

Tears from your eyes,

Tears from my eyes,

Could silken girdle strengthen our heart-to-heart ties?

O see the river rise!

柳永

LIU YONG

作者简介

柳永（约987—约1053），原名三变，字景庄，后改名柳永，字耆卿，因排行第七，又称柳七，崇安（今福建武夷山）人。北宋著名词人，婉约派代表人物。

出身官宦世家，少时学习诗词，有功名用世之志。早年赴京应试不第，长期滞留京都，纵情酒色，为歌姬乐工填词，广为流传。景祐元年，暮年及第，官至屯田员外郎，故世称“柳屯田”。

宋代第一位对宋词进行全面革新的文人，也是宋代词坛上创用词调最多的词人。精通音律，大力创作慢词，将敷陈其事的赋法移植于词，雅俗并陈，运用俚词、俗语，对宋词的发展产生了深远影响。今有《乐章集》。存词二百余首。

昼夜乐[①]

洞房[②]记得初相遇。便只合[③]、长相聚。
何期小会幽欢[④]，化作离情别绪。
况值阑珊[⑤]春色暮，对满目乱花狂絮，
直恐好风光，尽随伊[⑥]归去。

一场寂寞凭谁诉。算前言[⑦]、总轻负。
早知恁地难拚，悔不当时留住。
其奈风流端正外，更别有系人心处。
一日不思量，也攒眉千度。

---

① 昼夜乐：词牌名，为柳永始创，与《齐天乐》《永遇乐》等皆出于乐章。“乐”乃快乐之“乐”。
② 洞房：深邃的住室。后多指女子所居的闺阁。
③ 只合：只应该。
④ 小会幽欢：小会，指两个人的秘密相会。幽欢：幽会的欢乐。
⑤ 阑珊：将残、将尽。
⑥ 伊：第三人称代词，此处的“伊”亦指男性。
⑦ 前言：以前说过的誓言。

Joy of Day and Night

In nuptial bed for the first time we met,
I thought forever wed together get.
The short-lived joy of love, who would believe?
Soon turned to parting that would grieve.
When late spring has grown old and soon takes leave,
I see a riot of catkins and flowers fallen in showers.
I am afraid all the fine view would go with you.

To whom may I complain of my solitude?
You oft make light of promise you have made.
Had I known the ennui is so hard to elude,
I would then have you stayed.
What I can't bear to think, your gallantry apart,
Is something else in you captivating my heart.
If one day I don't think of it,
A thousand times it would make my brows knit.

雨霖铃

寒蝉凄切[①]，对长亭晚，骤雨初歇。
都门[②]帐饮[③]无绪，留恋处，兰舟催发。
执手相看泪眼，竟无语凝噎[④]。
念去去，千里烟波，暮霭沉沉楚天阔。

多情自古伤离别，更那堪，冷落清秋节。
今宵酒醒何处？杨柳岸，晓风残月。
此去经年[⑤]，应是良辰好景虚设。
便纵有千种风情[⑥]，更与何人说。

---

① 凄切：凄凉急促。
② 都门：国都之门。此处指北宋的首都汴京（今河南开封）。
③ 帐饮：设帐置酒宴饯行。
④ 凝噎：喉咙哽塞，欲语不出的样子。
⑤ 经年：年复一年。
⑥ 风情：指男女相爱之情，深情蜜意。情，一作“流”。

Bells Ringing in the Rain

Cicadas chill

Drearily shrill.

We stand face to face in an evening hour

Before the pavilion, after a sudden shower.

Can we care for drinking before we part?

At the city gate

We are lingering late,

But the boat is waiting for me to depart.

Hand in hand we gaze at each other's tearful eyes

And burst into sobs with words congealed on our lips.

I'll go my way,

Far, far away.

On miles and miles of misty waves where sail ships,

And evening clouds hang low in boundless Southern skies.

Lovers would grieve at parting as of old.

How could I stand this clear autumn day so cold!

Where shall I be found at daybreak

From wine awake?

Moored by a riverbank planted with willow trees

Beneath the waning moon and in the morning breeze.

I'll be gone for a year.

In vain would good times and fine scenes appear.

However gallant I am on my part,

To whom can I lay bare my heart?

秋夜月[①]

当初聚散[②]。便唤作、无由再逢伊面。
近日来、不期而会重欢宴。向尊前、闲暇里，
敛着眉儿长叹。惹起旧愁无限。

盈盈泪眼。漫向我耳边，作万般幽怨。
奈[③]你自家心下，有事难见。
待信真个，恁别无萦绊。
不免收心，共伊长远。

---

① 秋夜月：词牌名，仄韵。因尹鹗词起句有“三秋佳节”及“夜深，窗透数条斜月”句，取之以为名。以尹鹗体为正体。
② 聚散：离开。
③ 奈：无可奈何。

The Moon in Autumn Night

When we two parted then,
I thought I could not see your face again,
But unexpectedly I meet you now
At leisure, before a cup of wine.
Why should you sigh and knit your brow
As if for endless grief you'd pine!

With eyes brimming with tears,
You whisper your deep regret in my ears.
How could I find
What's hidden in your mind?
Could I believe with you there's nothing wrong,
I would refrain and stay with you for long.

凤栖梧

伫倚危楼①风细细，

望极春愁，黯黯②生天际。

草色烟光残照里，无言谁会凭阑意？

拟把③疏狂图一醉，

对酒当歌，强④乐还无味。

衣带渐宽⑤终不悔，为伊消得⑥人憔悴。

---

① 危楼：高楼。

② 黯黯：迷蒙，指心情沮丧、忧愁。

③ 拟把：打算。

④ 强：勉强。

⑤ 衣带渐宽：指人逐渐消瘦。

⑥ 消得：值得。

Phoenix Perching on Plane Tree

I lean alone on balcony in light, light breeze;

As far as the eye sees,

On the horizon dark parting grief grows unseen.

In fading sunlight rises smoke over grass green.

Who understands why mutely on the rails I lean?

I'd drown in wine my parting grief;

Chanting before the cup, strained mirth brings no relief

I find my gown too large, but I will not regret;

It's worth while growing languid for my coquette.

少年游[①]·长安古道马迟迟

长安古道马迟迟，高柳乱蝉嘶[②]。
夕阳岛外，秋风原上，目断四天垂[③]。

归云[④]一去无踪迹，何处是前期[⑤]？
狎兴[⑥]生疏，酒徒萧索[⑦]，不似少年时[⑧]。

---

① 少年游，词牌名，又名《小阑干》《玉蜡梅枝》等。
② 乱蝉嘶：一作“乱蝉栖”。
③ 四天垂：指四周夜幕降临。
④ 归云：飘逝的云彩。此处比喻往昔经历而现在不可复返的一切。
⑤ 前期：以前的期约。
⑥ 狎兴：游乐的兴致。狎，亲昵而轻佻。
⑦ 酒徒萧索：指酒友零散、稀少。
⑧ 少年时：又作“去年时”。

Wandering While Young

Slow goes my steed leaving the ancient capital;
Cicadas' trills amid the willows rise and fall.
The sun sinks down beyond the birds in flight;
The dreary plain hears the autumn wind blow.
I stretch my sight:
The sky hangs low.

The clouds, once gone, leave no more traces.
Where are my old familiar faces?
Unlike those days when I was gallant and young,
I find no more pleasure in wine, woman and song.

少年游·参差烟柳灞陵桥

参差烟柳灞陵桥①，风物尽前朝。
衰杨古柳，几经攀折，憔悴楚宫腰②。

夕阳闲淡秋光老，离思满蘅皋③。
一曲阳关④，断肠声尽，独自凭兰桡⑤。

---

① 灞陵桥：位于长安东（今陕西西安）。古人送客至此，折杨柳枝赠别。
② 楚宫腰：以楚腰喻柳。楚灵王好细腰，后人故谓细腰为楚腰。
③ 蘅皋：长满杜蘅的水边陆地。蘅，即杜蘅。
④ 阳关：即《阳关三曲》，为古人送别之曲。
⑤ 兰桡：指代船。桡，船桨。

Wandering While Young

High and low mist-veiled trees stand by the rivershore;
The scene still looks like that of dynasties of yore.
The ancient willows fade,
Their twigs oft broken by those friends who part;
They languish like the waist of palace maid.

The setting sun turns pale, autumns grown old,
Green grass overgrown with parting grief sad to behold.
The farewell song has broken my heart,
But it is heard no more;
Alone I lean upon the orchid oar.

忆帝京[①]

薄衾小枕凉天气，乍觉别离滋味。
展转数寒更[②]，起了还重睡。
毕竟不成眠，一夜长如岁。

也拟待[③]、却回征辔[④]，又争奈[⑤]、已成行计[⑥]。
万种思量，多方开解，只恁[⑦]寂寞厌厌[⑧]地。
系我一生心，负你千行泪。

---

① 忆帝京：词牌名，柳永制曲，盖因忆在汴京之妻而命名，《乐章集》注“南吕调”。双调七十二字，上片六句四仄韵，下片七句四仄韵。

② “展转”句：展转，同“辗转”，指翻来覆去。数寒更，因睡不着而数着寒夜的更点。古时自黄昏至拂晓，将一夜分为甲、乙、丙、丁、戊五个时段，谓之“五更”，又称“五鼓”。每更又分为五点，更则击鼓，点则击锣，用以报时。

③ 拟待：打算。

④ 征辔：远行之马的缰绳，代指远行的马。

⑤ 争奈：怎奈。

⑥ 行计：指出行的打算。

⑦ 只恁：只是这样。

⑧ 厌厌：同“恹恹”，精神不振的样子。

Imperial Capital Recalled

In thin quilt on small pillow when weather is cold,
I begin to feel now the parting sorrow deep.
I toss from side to side until night has grown old;
I get up and lie down, but I can't fall asleep.
The night would appear
As long as a year.

I would have gone back to see you and stay,
But I'm so far away.
Thousands of thoughts and lame excuses only
Make me feel all the more dreary and lonely.
I shall miss you for the rest of my years,
Which can't compensate you for all your tears.

范仲淹

FAN ZHONGYAN

作者简介

范仲淹（989—1052），字希文，祖籍邠州（今陕西彬州），后移居苏州。北宋杰出的政治家、文学家。幼年丧父，随母改嫁长山朱氏，更名朱说。

大中祥符八年（1015年），范仲淹苦读及第，授广德军司理参军。后因秉公直言而屡遭贬斥。宋夏战争爆发后，因采取“屯田久守”的方针，巩固西北边防，对宋夏议和起到促进作用。被朝廷召回，授枢密副使，后发起“庆历新政”，推行改革。不久后新政受挫，自请出京。后在扶疾上任的途中辞世，终年六十四岁。宋仁宗亲书其碑额为“褒贤之碑”，谥号“文正”，世称“范文正公”。

在地方治政、守边皆有成绩，文学成就突出。他倡导的“先天下之忧而忧，后天下之乐而乐”的思想和仁人志士节操，对后世产生了深远的影响。有《范文正公文集》传世。今存词五首。

苏幕遮[①]

碧云天，黄叶地，秋色连波，波上寒烟翠。
山映斜阳天接水，芳草无情，更在斜阳外。

黯[②]乡魂，追旅思[③]，夜夜除非，好梦留人睡。
明月楼高休独倚，酒入愁肠，化作相思泪。

① 苏幕遮：词牌名，又名《云雾敛》《鬓云松令》等，此调原为西域传入唐教坊曲。“苏幕遮”是当时高昌国语之音译，宋代词家用此调是另度新曲。

② 黯：黯然失色，此处形容心情忧郁。

③ 追旅思：追忆往事引起羁旅愁怀。追，追随，此处可引申为纠缠。旅思，羁旅之思。

Waterbag Dance

Clouds veil emerald sky,

Leaves strewn in yellow dye.

Waves rise in autumn hue

And blend with mist cold and green in view.

Hills steeped in slanting sunlight, sky and waves seem one;

Unfeeling grass grows sweet beyond the setting sun.

A homesick heart,

When far apart,

Lost in thoughts deep,

Night by night but sweet dreams can lull me into sleep.

Don't lean alone on rails when the bright moon appears!

Wine in sad bowels would turn to nostalgic tears.

渔家傲[①]

塞下秋来风景异，衡阳雁去[②]无留意。

四面边声[③]连角起。

千嶂[④]里，长烟落日孤城闭。

浊酒一杯家万里，燕然未勒[⑤]归无计。

羌管悠悠霜满地。

人不寐，将军白发征夫泪。

---

① 渔家傲：词牌名，又名《渔歌子》《渔父词》等。双调六十二字，仄韵。

② 衡阳雁去："雁去衡阳"的倒语，指大雁离开这里飞往衡阳。相传北雁南飞，到湖南的衡阳为止。

③ 边声：指各种带有边塞特色的声响，如大风、号角、羌笛、马啸的声音。

④ 千嶂：像屏障一般的群山。

⑤ 燕然未勒：指边患未平、功业未成。燕然，古山名，即今蒙古国境内之杭爱山。勒，刻石记功。

Pride of Fishermen

When autumn comes to the frontier, the scene looks drear;
Southbound wild geese won't stay e'en for a day.
An uproar rises with horns blowing far and near.
Walled in by peaks, smoke rises straight
At sunset over isolate town with closed gate.

I hold a cup of wine, yet home is far away;
The northwest not yet won, I can't but stay.
At the flutes' doleful sound over frost-covered ground,
None falls asleep;
The general's hair turns white and soldiers weep.

御街行·秋日怀旧

纷纷坠叶飘香砌[①]，夜寂静，寒声碎[②]。
真珠帘卷玉楼空，天淡银河垂地。
年年今夜，月华如练[③]，长是人千里。

愁肠已断无由醉，酒未到，先成泪。
残灯明灭枕头攲[④]，谙尽[⑤]孤眠滋味。
都来此事，眉间心上，无计相回避。

---

① 香砌：有落花的台阶。
② 寒声碎：寒风吹动落叶发出的轻微细碎的声音。
③ 练：白色的丝绸。
④ 攲（qī）：倾斜，斜靠。
⑤ 谙尽：即尝尽。

Song of the Royal Street

Withered leaves fall o'er fragrant steps shower by shower;
In night so still,
The sound seems chill.
The beaded curtain rolled up shows an empty bower.
The sky is so serene,
The Silver River hangs like Heavens screen.
From year to year, this night
In silvery moonlight,
Were thousand miles apart.

I can't get drunk for broken is my heart;
Before I drink, wine turn to tears.
I lean on my pillow by flickering lamplight,
Drowned in the grief of lonely night.
Such deep grief as appears
On the brows or the heart
Cannot be put apart.

定风波·自前二府镇穰下营百花洲亲制

罗绮[①]满城春欲暮，百花洲上寻芳[②]去。
浦映芦花花映浦，无尽处。恍然身入桃源路[③]。

莫怪山翁聊逸豫[④]，功名得丧归时数。
莺解新声蝶解舞，天赋与。争教我辈无欢绪。

① 罗绮：罗与绮，此处借指丝绸衣裳。
② 寻芳：游赏美景。
③ 桃源路：通往理想境界之路。
④ 逸豫：指安逸享乐。

Calming the Waves

When spring is late, the silken gown
Outshines the town.
Why not go to enjoy flowers which blend
With shadows in the pool without an end?
It seems I'm lost on the Peach Blossom Way.

No wonder mountaineers would hesitate;
Rank and fame, loss or gain depend on fate.
Butterflies love to dance, orioles to sing new song;
To the happy race they belong.
Why should we cheerless stay?

张先

ZHANG XIAN

作者简介

张先（990—1078），字子野，乌程（今浙江湖州）人。北宋词人，婉约派代表人物。

天圣八年（1030年）进士，历任宿州掾、吴江知县、嘉禾（今浙江嘉兴）判官。以屯田员外郎知渝州、虢州，后知安陆，故人称“张安陆”。后以尚书都官郎中致仕，终年八十八岁。

张先“能诗及乐府，至老不衰”，其词语言工巧，词风俏丽，内容大多反映士大夫的诗酒生活和男女之情，对都市社会生活也有所反映。今有《张子野词》。存词一百八十余首。

菩萨蛮[①]·忆郎还上层楼曲

忆郎还上层楼曲，楼前芳草年年绿[②]。
绿似去时袍，回头风袖飘。

郎袍应已旧，颜色非长久。
惜恐镜中春[③]，不如花草新。

---

① 菩萨蛮：词牌名，又名《菩萨鬘》《子夜歌》《重叠金》《花溪碧》等，原为唐教坊曲名，后用作词牌名。

② “楼前”句：此句化用淮南小山《招隐士》赋“王孙游兮不归，春草生兮萋萋”，以及王维《山中送别》诗“春草明年绿，王孙归不归”。

③ 镜中春：指镜中女子的容颜如春光般姣好。

Buddhist Dancers

Missing my lord, I lean on railings of the tower;
From year to year sweet grass turns green before my bower.
Green as the gown he wore on taking leave,
Turning his head, the wind wafted his sleeve.

His gown must be outworn and old,
How can its green color long hold ?
I fear my mirrored spring, alas!
Cannot renew as bloom and grass.

江南柳

隋堤[①]远，波急路尘轻。
今古柳桥[②]多送别，见人分袂亦愁生，
何况自关情。

斜照后，新月[③]上西城。
城上楼高重倚望[④]，愿身能似月亭亭[⑤]，
千里伴君行。

① 隋堤：唐罗隐有《隋堤柳》诗。隋炀帝时，沿通济渠、邗沟河岸种植柳树。
② 柳桥：柳荫下的桥。古时常折柳赠别，此处指送别之处。
③ 新月：每月初弯细如钩的月亮。
④ 倚望：徙倚怅望。
⑤ 亭亭：形容耸立高远。

Willows on Southern Shore

On far-flung river shore,
Light dust is raised when waves in haste roll by.
There're many farewells on willowy bridge as of yore.
It is sad to see others part;
To sever from one's own would break the heart.

After sundown,
The new moon peers at western town.
Again I gaze afar in tower high,
Wishing to follow you like slender moon
From mile to mile lest you feel lone.

更漏子

锦筵红，罗幕翠，侍宴美人姝丽。
十五六，解怜才[①]，劝人深酒杯。

黛眉长，檀口[②]小，耳畔向人轻道。
柳阴[③]曲，是儿家[④]，门前红杏花。

---

① 怜才：爱慕有才华的人。
② 檀口：女子红艳的嘴唇，多形容女子嘴唇之美。檀，浅绛色。
③ 柳阴：一作“柳荫”。
④ 儿家：古代年轻女子对其家的自称。

Song of Water Clock

The banquet spread in red With silken screen in green,
Attended by maidens fair of fifteen or sixteen,
Alone she knows to care
For talents fine and fill my cup with wine.

With long brows green
And small mouth, she would lean
On me and whisper in my ear:
The winding willowy way is near
The house where you'll find me.
In front there is a blossoming apricot tree.

诉衷情[1]

花前月下暂相逢，苦恨[2]阻从容。
何况酒醒梦断，花谢月朦胧。

花不尽，月无穷，两心同。
此时愿作，杨柳千丝，绊惹[3]春风。

① 诉衷情：唐教坊曲名，后用为词调。又名《一丝风》《步花间》《桃花水》《偶相逢》《画楼空》等。分单调、双调两体，单调三十三字，平韵、仄韵混用；双调四十一字，平韵。

② 苦恨：甚恨，深恨。

③ 绊惹：牵缠。

Telling Innermost Feeling

Before flowers, beneath the moon, shortly we met
Only to part with bitter regret.
What's more, I wake from wine and dreams
To find fallen flowers and dim moonbeams.

Flowers will bloom again;
The moon will wax and wane.
Would our hearts be the same?
I'd turn the flame
Of my heart, string on string,
Into willow twigs to retain
The breeze of spring.

天仙子[①]

水调[②]数声持酒听，午醉醒来愁未醒。
送春春去几时回？
临晚镜，伤流景[③]，往事后期空记省[④]。

沙上并禽[⑤]池上暝，云破月来花弄影[⑥]。
重重帘幕密遮灯。
风不定，人初静，明日落红应满径。

---

① 天仙子：唐教坊舞曲，来自西域，后用为词牌，又名《万斯年》《万斯年曲》《秋江碧》等。以皇甫松《天仙子·晴野鹭鸶飞一只》为正体。单调三十四字，六句五仄韵或四仄韵、五平韵。双调六十八字。

② 水调：曲调名。

③ 流景：像水一样的年华，逝去的光阴。景，日光。

④ “往事”句：后期，以后的约会。记省，记志省识。记，思念。省，省悟。

⑤ 并禽：成对的鸟儿。此处指鸳鸯。

⑥ 弄影：物动使影子也随着摇晃或移动。弄，摆弄。

Song of the Immortal

Wine cup in hand, I listen to Water Melody;
Awake from wine at noon, but not from melancholy.
When will spring come back now it is going away?
In the mirror, alas!
I see happy time pass.
In vain may I recall the old days gone for aye.

Night falls on poolside sand where pairs of lovebirds stay;
The moon breaks through the clouds, with shadows flowers play.
Lamplight veiled by screen on screen can't be seen.
The fickle wind still blows;
The night so silent grows.
Tomorrow fallen reds should cover the pathway.

木兰花

和孙公素别安陆。

相离徒有相逢梦，门外马蹄尘已动。
怨歌留待醉时听，远目不堪空际送。

今宵风月知谁共，声咽琵琶槽上凤[①]。
人生无物比多情，江水不深山不重。

① 槽上凤：琵琶上端雕刻成凤头状。

Magnolia Flower

Farewell to Sun Gongsu at Anlu

When we parted, the dream of meeting's left in vain;
Outdoors but clouds of dust raised by your horse remain.
I will not listen to songs of regret till drunk.
How can I gaze afar, O when the sun is sunk!

With whom will you enjoy the moon in breeze tonight?
The phoenix on my pipa sobs at music light.
There's nothing to compare with love under the sky:
The river's not so deep; the mountain not so high.

晏殊

YAN SHU

作者简介

晏殊（991—1055），字同叔，抚州（今江西抚州）人。北宋著名文学家、政治家。

七岁能文，十四岁以神童召试，赐进士出身，命为秘书省正字，历任右谏议大夫、礼部尚书、刑部尚书、观文殿大学士、永兴军节度使、兵部尚书等。后知外州，因病归京师。逝世后封“临淄公”，谥号“元献”，世称“晏元献”。

工诗善文，以词著于文坛，尤擅长小令，词风含蓄婉丽。为北宋初期第一大家，与其子晏几道被称为“大晏”和“小晏”，又与欧阳修并称“晏欧”。今有《珠玉词》。存词一百三十余首。

踏莎行·细草愁烟

细草愁烟，幽花怯[①]露。凭栏总是销魂处。

日高深院静无人，时时海燕双飞去。

带缓[②]罗衣，香残蕙炷[③]。天长不禁迢迢路。

垂杨只解[④]惹春风，何曾系得行人住？

① 怯：形容花晨露中的感受。

② 缓：缓带，古代的一种衣服。

③ 炷：作动词，燃烧。

④ 解：通“懈”，松弛，懈怠。

Treading on Grass

The mist-veiled grass looks sad in hue;
Sweet flowers shiver with cold dew.
When she leans on the rails, her heart often bewails.
The courtyard is quiet though advanced is the day;
Now and again a pair of swallows fly away.

Her girdle is too loose her silken dress to tie;
The incense burned up inch by inch will die.
The long long road would vie in length with the wide sky.
The willow branch could bar the vernal breeze from blowing.
Could it ever detain her beloved one from going?

踏莎行·祖席离歌

祖席[①]离歌，长亭别宴。香尘[②]已隔犹回面。
居人匹马映林嘶，行人去棹[③]依波转。

画阁魂消，高楼目断。斜阳只送平波远。
无穷无尽是离愁，天涯地角寻思遍。

① 祖席：饯别。古人出行时要祭祀路神，所以饯别又称祖席。
② 香尘：落红满地，尘土中也掺和着花的芬芳，故曰“香尘”。
③ 棹：即划船的桨，长的叫棹，短的叫楫。此处代指船。

Treading on Grass

The farewell song is sung for you;
We drink our cups and bid adieu.
I look back though fragrant dust keeps you out of view.
My horse going home neighs along the forest wide,
Your sailing boat will go farther with rising tide.

My heart broken in painted bower,
My eyes worn out in lofty tower,
The sun sheds departing rays on the parting one.
Boundless and endless will my sorrow ever run;
On earth or in the sky it will never be done.

浣溪沙·一曲新词酒一杯

一曲新词酒一杯①，去年天气旧亭台②。
夕阳西下几时回？

无可奈何花落去，似曾相识燕归来。
小园香径③独徘徊。

---

① “一曲”句：化用白居易《长安道》：“花枝缺入青楼开，艳歌一曲酒一杯”句。一曲，一首。因词是配合歌而作，故称“曲”。

② “去年”句：化用郑谷《和知己秋日伤怀》诗：“流水歌声共不回，去年天气旧池台。”意指天气、亭台都和去年相同。

③ 小园香径：花草芳香的小径。因落花满径，幽香四溢，故云。香径，花园里的带着幽香的小路。

Silk-Washing Stream

A song filled with new words, a cup filled with old wine,
The bower is last year's, the weather is as fine.
Will last year reappear as the sun on decline?

Deeply I sigh for the fallen flowers in vain;
Vaguely I seem to know the swallows come again.
In fragrant garden path alone I still remain.

浣溪沙·小阁重帘有燕过

小阁重帘有燕过[①]，晚花红片落庭莎[②]。
曲阑干影入凉波。

一霎好风生翠幕，几回疏雨滴圆荷[③]。
酒醒人散得愁[④]多。

---

① 过：飞过。“过”读平声。

② “晚花”句：晚花，即暮春的花。红片，落花的花瓣。庭莎：庭院里所生的莎草。莎，草本植物，叶条形，有光泽，夏季开黄褐色花。

③ “几回”句：指的是一日之间下好几次雨，雨点打在圆圆的荷叶上。

④ 愁：此处指感叹时光易逝、盛筵不再、美景难留的闲愁。

Silk-Washing Stream

By double-curtained bower I see swallows pass;
Red petals of late flowers fall on courtyard grass,
The winding rails' shadow mingles with ripples cold.

A sudden gale blows and ruffles emerald screen.
How many times has rain dripped on lotus leaves green?
Awake from wine, the grief to see guests gone makes me old.

浣溪沙·一向年光有限身

一向[①]年光有限身，等闲[②]离别易销魂。

酒筵歌席莫辞频[③]。

满目山河空念远，落花风雨更伤春。

不如怜取眼前人[④]。

① 一向：通“一晌”。此处意为一会儿、片刻。

② 等闲：随便，平常。

③ 频：频繁。指宴会频繁。

④ “不如”句：元稹《会真记》有载崔莺莺：“还将旧来意，怜取眼前人。”怜，珍惜，怜爱。取，语气助词。

Silk-Washing Stream

What can a short-lived man do with the fleeting year
And soul-consuming separations from his dear?
Refuse no banquet when fair singing girls appear!

With hills and rills in sight, I miss the far-off in vain.
How can I bear the fallen blooms in wind and rain!
Why not enjoy the fleeting pleasure now again?

蝶恋花[①]

槛[②]菊愁烟兰泣露。罗幕轻寒，燕子双飞去。

明月不谙[③]离恨苦，斜光到晓穿朱户[④]。

昨夜西风凋碧树。独上高楼，望尽天涯路。

欲寄彩笺兼尺素[⑤]，山长水阔知何处。

---

① 蝶恋花：原为唐教坊曲，调名取义梁简文帝“翻阶蛱蝶恋花情”句，后为词牌名，又名《凤栖梧》《鹊踏枝》。双调，六十字，仄韵。

② 槛：栏杆。

③ 不谙：不了解，不明白。

④ 朱户：即朱门，指大户人家。

⑤ 彩笺兼尺素：彩笺，彩色的信笺。尺素，书信的代称。古人写信用素绢，通常长约一尺，故有此称。

Butterflies in Love with Flowers

Orchids shed tears with doleful asters in mist grey.
How can they stand the cold silk curtains can't allay?
A pair of swallows flies away.
The moon, which knows not parting grief, sheds slanting light,
Through crimson windows all the night.

Last night the western breeze.
Blew withered leaves off trees.
I mount the tower high and strain my longing eye.
I'll send a message to my dear,
But endless ranges and streams separate us far and near.

清平乐

红笺小字，说尽平生意[①]。

鸿雁在云鱼在水，惆怅[②]此情难寄。

斜阳独倚西楼，遥山恰对帘钩。

人面不知何处，绿波依旧东流。

① 平生意：此处指平生相慕相爱之意。

② 惆怅：失意，伤感。

Pure Serene Music

On rosy paper a hand fair,
Has laid the innermost heart bare.
Nor fish below nor swan above,
Would bear this melancholy message of love.

At sunset on west tower alone she stands still;
The curtain hook can't hang up distant hill.
Who knows where her beloved is gone?
Green waves still eastward roll on.

诉衷情

芙蓉金菊斗馨香①，天气欲重阳。
远村秋色如画，红树间②疏黄。

流水淡③，碧天长，路茫茫。
凭高目断④，鸿雁来时，无限思量⑤。

---

① 馨香：散布得很远的香气。
② 间：相间，夹杂。
③ 流水淡：溪水清澈明净。
④ 凭高目断：依仗高处极目远望，直到看不见。
⑤ 思量：相思。

Telling Innermost Feeling

Chrysanthemums and lotus blooms in fragrance vie;
The Mountain-Climbing Day is near.
The far-off village seems painted in autumn dye;
Red-leafed trees interwoven with sparse gold appear.

Water runs pale and light;
Vast are the azure skies.
The long road lost to sight,
Leaning on railings high, I strain my eyes.
Hearing wild geese's song,
How much for you I long!

玉楼春[①]·春恨

绿杨芳草长亭路[②]，年少抛人[③]容易去。
楼头残梦五更钟，花底离愁三月雨。

无情不似多情苦，一寸还成千万缕[④]。
天涯地角有穷时，只有相思无尽处。

① 玉楼春：词牌名，又名《惜春容》《呈纤手》《春晓曲》《归朝欢令》等。

② 长亭路：送别的路。长亭，古时路旁的亭子，多作行人歇脚用，也是送行话别的地方。《白帖》："十里一长亭，五里一短亭。"

③ 年少抛人：人被年少所抛弃，意为由年少变为年老。

④ "一寸"句：一寸，指愁肠。还，已经。千万缕，千丝万缕，比喻离恨无穷。

Spring in Jade Pavilion

Spring Grief

Farewell Pavilion green with grass and willow trees!
How could my gallant young lord have left me with ease!
I'm woke by midnight bell from dun dream in my bower;
Parting grief won't part with flowers falling in shower.

My beloved feels not the grief my loving heart sheds;
Each string as woven with thousands of painful threads.
However far and wide the sky and earth may be,
They can't measure the lovesickness o'erwhelming me.

张昪

ZHANG BIAN

作者简介

张昪（今992—1077），字杲卿，韩城（今陕西韩城）人，一说阳翟（今河南禹州）人。北宋大臣、词人。为人清忠谅直、刚正不阿。

大中祥符八年（1015年）进士，官至御史中丞、参知政事兼枢密使，以太子太师致仕，终年八十六岁，册赠司徒兼侍中，谥号“康节”。今存词二首。

离亭燕[①]

一带[②]江山如画，风物向秋潇洒。
水浸[③]碧天何处断？霁色冷光相射[④]。
蓼屿荻花洲，掩映竹篱茅舍。

云际客帆高挂，烟外酒旗低亚[⑤]。
多少六朝兴废事，尽入渔樵闲话。
怅望倚层楼，寒日无言西下。

---

① 离亭燕：词牌名，又名《离亭宴》。

② 一带：指金陵（今南京）一带地区。

③ 浸：此处指水天融为一体。

④ “霁色”句：雨后晴朗的天色与秋水闪烁的冷光相辉映。霁色：雨后初晴的景色。冷光：秋水反射出的波光。

⑤ 低亚：低垂。

Swallows Leaving Pavilion

So picturesque the land by riverside,
In autumn tints the scenery is purified.
Without a break green waves merge into azure sky,
The sunbeams after rain take chilly dye.
Bamboo fence dimly seen amid the reeds
And thatch-roofed cottages overgrown with weeds.

Among white clouds are lost white sails,
And where smoke coils up slow,
There wineshop streamers hang low.
How many of the fisherman's and woodman's tales
Are told about the Six Dynasties' fall and rise!
Saddened, I lean upon the tower's rails,
Mutely the sun turns cold and sinks in western skies.

宋祁

SONG QI

作者简介

宋祁（998—1061），字子京，小字选郎，祖籍安州（今湖北安陆）人，高祖父宋绅徙居开封府雍丘（今河南杞县），遂为雍丘人。北宋官员，著名文学家、史学家、词人。

天圣二年（1024年）进士，初任复州军事推官，经皇帝召试，授直史馆。历任龙图阁学士、史馆修撰、知制诰。曾与欧阳修等合修《新唐书》，前后长达十余年，该书大部分为宋祁所作。书成，进工部尚书，拜翰林学士承旨。嘉祐六年（1061年）卒，终年六十四岁，谥“景文”。

诗词语言工丽，因《玉楼春》词中“红杏枝头春意闹”一句，世称“红杏尚书”。与兄长宋庠并有文名，时称“二宋”。著有《宋景文集》。今存词六首。

玉楼春·春景

东城渐觉风光好，縠皱波纹[①]迎客棹[②]。
绿杨烟外晓寒轻，红杏枝头春意闹。

浮生[③]长恨欢娱少，肯爱千金轻一笑？
为君持酒劝斜阳，且向花间留晚照。

---

① 縠（hú）皱波纹：形容波纹细如皱纱。縠，绉纱类丝织品，此处比喻水的波纹。

② 棹：船桨，此处指船。

③ 浮生：指飘浮不定的短暂人生。

Spring in Jade Pavilion

The scenery is getting fine east of the town;
The rippling water greets boats rowing up and down.
Beyond green willows morning chill is growing mild;
On pink apricot branches spring is running wild.

In our floating life scarce are pleasures we seek after.
How can we value gold above a hearty laughter?
I raise wine cup to ask the slanting sun to stay
And leave among the flowers its departing ray.

欧阳修

OUYANG XIU

作者简介

欧阳修（1007—1072），字永叔，号醉翁、六一居士，吉州永丰（今江西永丰）人。北宋著名政治家、文学家。

官至翰林学士、枢密副使、参知政事，以太子少师致仕。谥号“文忠”，世称“欧阳文忠公”。

善诗文，工词。其诗平易流畅，其文从容婉转，其词缠绵悱恻，亦疏旷豪放。宋代文学史上最早开创一代文风的文坛领袖，领导了北宋诗文革新运动，继承并发展了韩愈的古文理论。在史学方面也有较高成就，与宋祁同修《新唐书》，独撰《新五代史》。与韩愈、柳宗元、苏轼、苏洵、苏辙、王安石、曾巩被世人称为“唐宋八大家”。与韩愈、柳宗元和苏轼合称“千古文章四大家”。著有《欧阳文忠公集》《六一词》。今存词二百余首。

长相思

蘋满溪，柳绕堤。

相送行人溪水西，回时陇月[1]低。

烟霏霏[2]，风凄凄。

重倚朱门听马嘶，寒鸥相对飞。

---

① 陇月：山间明月。

② 烟霏霏：形容烟霭盛大，随处弥漫的样子。

Everlasting Longing

A creek full of duckweed

Girt with green willow trees,

On western shore I bade my parting friend goodbye.

When I came back, the moon hung low over the hill.

On mist-veiled-rill,

Blows chilly breeze.

Leaning on painted gate

Again I wait

For my friend's neighing steed;

I see gulls fly

Pair by pair

In cold air.

诉衷情·眉意

清晨帘幕卷轻霜①，呵手试梅妆②。

都缘自有离恨，故画作远山③长。

思往事，惜流芳④，易成伤。

未歌先敛，欲笑还颦，最断人肠。

① 轻霜：意指天气微寒。

② 试梅妆：试着化描画梅花妆。

③ 远山：形容把眉毛画得又细又长，有如水墨珈的远山形状。比喻离恨如山深长。

④ 流芳：流逝的年华。

Telling Innermost Feeling

A light frost falls at dawn when she rolls up the screen;
She breathes to warm her hands and pencils her brows green.
Nursing the parting sorrow still,
She draws her brows long as a distant hill.

As she recalls the past,
She regrets time flies fast;
Her heart would ache.
Before she sings, she pauses awhile,
And knits her brows when she would smile.
O whose heart would not break!

踏莎行

候馆[①]梅残，溪桥柳细，草薰风暖摇征辔[②]。
离愁渐远渐无穷，迢迢不断如春水。

寸寸柔肠，盈盈粉泪[③]，楼高莫近危阑[④]倚。
平芜[⑤]尽处是春山，行人更在春山外。

---

① 候馆：迎宾候客的馆舍。

② “草薰”句：此句化用南朝梁江淹《别赋》：“闺中风暖，陌上草薰。”草薰，小草散发的清香。薰，香气侵袭。征辔（pèi），坐骑的缰绳。辔，缰绳。

③ 粉泪：泪水流到脸上，与粉妆和在一起。

④ 危阑：高楼上的栏杆。一作“危栏”。

⑤ 平芜：平坦地向前延伸的草地。芜，草地。

Treading on Grass

Mume flowers fade before the inn,
By riverside sway willows green.
On fragrant grass in the warm air a rider's seen.
The farther he goes, the longer his parting grief grows,
Endless as vernal river flows.

Heart broken by and by,
With tearful longing eye,
His wife won't lean on railings of the tower high.
Beyond the far-flung plain mountains shut out her view;
The rider's farther away than the mountains blue.

生查子·元夕

去年元夜[①]时，花市灯如昼[②]。
月上柳梢头，人约黄昏后。

今年元夜时，月与灯依旧。
不见去年人，泪湿[③]春衫[④]袖。

---

① 元夜：元宵节之夜。自唐朝起有元宵节观灯闹夜、通宵歌舞的民间习俗，盛况空前，这也是年轻人蜜约谈情的好时机。

② “花市”句：花市的灯光像白天一样明亮。花市，每年春时，举行的卖花、赏花的集市。灯如昼，灯火像白天一样明亮。据宋孟元老《东京梦华录》载：“正月十五日元宵……灯山上彩，金碧相射，锦绣交辉。”由此可见当时元宵节的繁华景象。

③ 泪湿：一作“泪满”。

④ 春衫：年少时穿的衣服，也自指年轻时的词人自己。

Song of Hawthorn

Last year on lunar festive night,
Lanterns 'mid blooms shone as daylight.
The moon rose atop willow tree;
My lover had a tryst with me.

This year on lunar festive night,
Moon and lanterns still shine as bright.
But where's my lover of last year?
My sleeves are wet with tear on tear.

望江南[①]·江南蝶

江南蝶，斜日一双双。

身似何郎全傅粉[②]，心如韩寿爱偷香[③]。天赋与轻狂。

微雨后，薄翅腻烟光。

才伴游蜂来小院，又随飞絮过东墙。长是为花忙。

① 望江南：词牌名，又名《忆江南》《梦江南》《江南好》。

② 何郎全傅粉：三国时魏人何晏皮肤白皙，就像敷了粉一样，故曰“傅粉何郎”。此处以“何郎傅粉”喻蝶之美，说蝶仿佛是经过精心涂粉、装扮的美男子。

③ 韩寿爱偷香：晋韩寿姿容美，贾充之女贾午悦之，偷其父西域奇香以赠之。此处以“韩寿偷香”喻蝶依恋花丛、吸吮花蜜的特性。

Dreaming of the South

Southern butterflies fleet
In slanting sun go pair by pair in flight,
With body powdered white
And heart fond of stealing fragrance sweet,
Born frivolous and light.

After light rain,
With thin wings dyed in misty stain,
Just come to small courtyard with roving bees,
They fly with willow down o'er the wall in the breeze,
Busy for flowers now and again.

望江南·江南柳

江南柳，花柳[1]两相柔。

花片落时粘酒盏，柳条低处拂人头。各自是风流。

江南月，如镜复如钩。

似镜不侵红粉面，似钩不挂画帘头。长是照离愁。

① 花柳：此处以花和柳喻温柔美丽的女子。

Dreaming of the South

See Southern willow trees
To tender flowers smile with ease!
The fallen petals will adorn your cup of wine;
The willow branches hanging low caress your head,
Each inch a beauty spread.

See the Southern moon look
Now like a mirror, now like a hook:
A mirror in which no rosy faces shine,
A hook on which hangs no curtain red,
It ever shines on sleepless bed.

玉楼春·尊前拟把归期说

尊前[1]拟把归期说，欲语春容[2]先惨咽。
人生自是有情痴，此恨不关风与月。

离歌且莫翻新阕[3]，一曲能教肠寸结。
直须看尽洛城花，始共春风容易别。

---

① 尊前：即樽前，饯行的酒席前。

② 春容：此处指别离的佳人。

③ 翻新阕：按旧曲填新词。阕，指乐曲终止。

Spring in Jade Pavilion

In front of wine I'll tell you of my parting day;
Your vernal face dissolves in tears before I say.
Lovers are born with sentimental feeling heart;
Nor moon nor wind has taken in their grief a part.

Don't set to a new tune the parting song!
The old has tied our hearts in knots for long.
Until we have seen all flowers on the trees,
It's hard to bid goodbye to vernal breeze.

玉楼春·别后不知君远近

别后不知君远近，触目凄凉多少闷！
渐行渐远渐无书，水阔鱼沉[1]何处问？

夜深风竹敲秋韵，万叶千声皆是恨。
故欹[2]单枕[3]梦中寻，梦又不成灯又烬。

---

① 鱼沉：指断了书信。古代有鱼雁传书的传说，此处“鱼沉”喻音讯全无。
② 欹：倾斜。
③ 单枕：指孤枕的意思。

Spring in Jade Pavilion

Since your departure, I know not how far you've gone.
With tearful eyes, how sad and dreary to be alone!
The farther you go away, the fewer your word;
No letter-bearing fish in water wide is heard.

At dead of night the bamboos beat Autumns refrain;
Leaf on leaf, sound on sound cry out my grief and pain.
I seek for you on dreaming pillow with deep sighs,
But no dream comes to me, the lamp flickers and dies.

南歌子[①]

凤髻金泥带，龙纹玉掌梳[②]。

走来窗下笑相扶，爱道画眉深浅入时无[③]？

弄笔偎人久，描花试手初。

等闲妨了绣功夫，笑问鸳鸯两字怎生[④]书？

---

① 南歌子：唐教坊曲名，后用为词牌。又名《南柯子》《风蝶令》。

② 龙纹玉掌梳：巴掌大小的图案为龙形的玉梳。

③ 入时无：赶得上时兴式样吗？

④ 怎生：怎样。

A Southern Song

Her golden-ribboned hair
With jeweled comb so fair,
She comes before the window to ask me with a smile:
"Are my eyebrows penciled in fashionable style?"

Leaning on me so long that I can't write a line,
She wastes her time without tracing any design,
Only asking me how to spell these words:
"A pair of love-birds."

临江仙

柳外轻雷池上雨，雨声滴碎荷声。
小楼西角断虹明。
阑干倚处，待得月华[1]生。

燕子飞来窥画栋，玉钩垂下帘旌[2]。
凉波不动簟[3]纹平。
水精[4]双枕，傍有堕钗横。

① 月华：此处代指月亮。
② 帘旌：帘幕。
③ 簟（diàn）：竹席。
④ 水精：即水晶。

Riverside Daffodils

The thunder faints away beyond the willows green;
The raindrops drip from lotus leaves after the shower.
A quivering rainbow is seen,
Shut out of view by Western Tower.
We lean on rails alone
To watch the rising moon.

A pair of swallows fly back to the painted eave;
Through fallen curtain they peep and perceive.
The wavy mat still spread cold on the bed
As if none had slept in,
But by the crystal pillows twin,
There is left a hairpin.

蝶恋花

庭院深深深几许[①]？杨柳堆烟[②]，帘幕无重数。
玉勒雕鞍游冶处[③]，楼高不见章台路[④]。

雨横[⑤]风狂三月暮。门掩黄昏，无计留春住。
泪眼问花花不语，乱红[⑥]飞过秋千去。

---

① 几许：多少。
② 堆烟：烟雾堆积笼罩。堆，堆积、聚拢、笼罩。
③ “玉勒”句：豪华的车马停在贵族公子寻欢作乐的地方。玉勒雕鞍，代指华贵的车马。玉勒，美玉镶的马笼头。雕鞍，雕绘花饰的马鞍。游冶处，指歌楼妓院。
④ 章台路：原为汉代长安城街名，唐许尧佐《章台柳传》写章台妓女柳氏故事，后代指游冶之地。
⑤ 横：形容凶残狂暴。
⑥ 乱红：零乱的落花。

Butterflies in Love With Flowers

Deep, deep the courtyard where he is, so deep,
It's veiled by smokelike willows heap on heap,
By curtain on curtain and screen on screen.
Leaving his saddle and bridle, there he has been
Merry-making. From my tower his trace can't be seen.

The third moon now, the wind and rain are raging late;
At dusk I bar the gate,
But I can't bar in spring.
My tearful eyes ask flowers, but they fail to bring an answer,
I see red blooms fly over the swing.

司马光

SIMA GUANG

作者简介

司马光（1019—1086），字君实，号迂叟，陕州夏县（今山西夏县）涑水乡人，世称涑水先生。北宋政治家、文学家、史学家。

历仕仁宗、英宗、神宗、哲宗四朝，官至尚书左仆射兼门下侍郎。宋仁宗宝元元年（1038年），进士及第。宋神宗时，反对王安石变法。元祐元年卒，追赠太师、温国公，谥号“文正”，配享宋哲宗庙廷，从祀于孔庙，称“先儒司马子”。

为人温良谦恭、刚正不阿，做事用功，刻苦勤奋。以“日力不足，继之以夜”自诩，堪称儒学教化下的典范。

生平著作甚多，主持编纂《资治通鉴》，著有《司马文正公集》等。今存词三首。

西江月[①]

宝髻[②]松松挽就，铅华[③]淡淡妆成。
青烟翠雾罩轻盈，飞絮游丝无定[④]。

相见争如[⑤]不见，多情何似无情。
笙歌散后酒初醒，深院月斜人静。

① 西江月：唐教坊曲名，后作词牌名。

② 宝髻：妇女头上戴有珍贵饰品的发髻。

③ 铅华：铅粉、脂粉。

④ “青烟翠雾”二句：青烟翠雾般的罗衣笼罩着她轻盈的身体，她的舞姿就像那游丝、飞絮，飘忽不定。青烟，一作“红烟”。

⑤ 争如：怎如，倒不如。

The Moon over the West River

Loosely she has done up her hair;
Thinly she has powdered her face.
In rosy smoke and purple mist she looks so fair;
As light as willow down she walks with grace.

Before we part, we long to meet;
Amorous, she seems not in love.
Awake from wine and songs so sweet,
The courtyard is still and bright the moon above.

王安石

WANG ANSHI

作者简介

王安石（1021—1086），字介甫，号半山，临川（今江西抚州）人。出身仕宦家庭，自幼勤奋好学，博览群书。北宋著名的思想家、政治家、文学家、改革家。

二十二岁中进士后，历任扬州签判、鄞县知县、舒州通判等职，政绩显著。熙宁二年（1069年），任参知政事，次年拜相，主持变法。因守旧派反对，熙宁七年（1074年）罢相。一年后，宋神宗再次起用，复又罢相，退居江宁。元祐元年（1086年），保守派得势，新法皆废，郁然病逝于钟山（今江苏南京）。绍圣元年获谥号“文”，世称“王文公”。

诗、文、词都有杰出的成就，笔力雄健，均为大家。著有《临川集》。今存词约二十余首。

桂枝香·金陵怀古

登临送目，正故国[①]晚秋，天气初肃。

千里澄江似练，翠峰如簇。

征帆去棹[②]残阳里，背西风、酒旗斜矗。

彩舟云淡，星河鹭起[③]，图画难足。

念往昔，繁华竞逐。

叹门外楼头[④]，悲恨相续[⑤]。

千古凭高对此，谩嗟荣辱[⑥]。

六朝旧事随流水，但寒烟衰草凝绿。

至今商女，时时犹唱，《后庭》遗曲。

---

① 故国：旧时的都城，指金陵（今南京）。金陵为六朝旧都，故称。

② 棹：划船的一种工具，形状和桨差不多。

③ 星河鹭起：白鹭从水中沙洲上飞起。星河，银河，此处指长江。

④ 门外楼头：指南朝陈亡国惨剧。语出杜牧《台城曲》：“门外韩擒虎，楼头张丽华。”韩擒虎是隋朝开国大将，他带兵来到金陵朱雀门外时，陈后主正在和宠妃张丽华于结绮阁上寻欢作乐。

⑤ 悲恨相续：指亡国悲剧连续发生。

⑥ 谩嗟荣辱：空叹什么荣耀耻辱。此处是词人的感叹。

Fragance of Laurel Branch

Thinking of Ancient times in Jin Ling

I climb the height

And stretch my sight:

Late autumn just begins its gloomy time.

The ancient capital looks sublime.

The limpid river, beltlike, flows a thousand miles;

Emerald peaks on peaks tower in piles.

In the declining sun sails come and go;

Against west wind wineshop streamers flutter high and low.

The painted boat

In cloud afloat,

Like stars in Silver River egrets fly

What a picture before the eye!

The days gone by

Saw people in opulence vie.

Alas! Shame on shame came under the walls,

In palace halls.

Leaning on rails, in vain I utter sighs

Over ancient kingdoms' fall and rise.

The running water saw the Six Dynasties pass,

But I see only chilly mist and withered grass.

Even now and again

The songstresses still sing

The song composed in vain

By a captive king.

浣溪沙

百亩中庭半是苔[①]，门前白道[②]水萦回。

爱闲能有几人来？

小院回廊春寂寂，山桃溪杏[③]两三栽。

为谁零落为谁开？

① “百亩”句：句出刘禹锡《再游玄都观》：“百亩中庭半是苔，桃花净尽菜花开。”百亩，形容庭园极大。半是苔，一半长满了青苔。

② 白道：洁白的小道。

③ 山桃溪杏：山中的桃，溪畔的杏。此处作者以山桃、溪杏自喻，暗喻身处山水之中。

Silk-Washing Stream

Half moss-hidden is my courtyard a hundred acres wide,
Before my gate a winding path by riverside.
Who would visit one fond of leisure and free hours?

Spring in my courtyard girt with corridors is still;
Two or three peach and apricots stand near the hill.
For whom are they blooming and then fall in showers?

南乡子

自古帝王州[①]，郁郁葱葱佳气[②]浮。
四百年来成一梦，堪愁。晋代衣冠成古丘[③]。

绕水恣行游，上尽层城更上楼。
往事悠悠君莫问，回头[④]。槛外长江空自流。

① 帝王州：指金陵（今南京）。三国的吴、东晋，南北朝的宋、齐、梁、陈、五代的南唐等都在此建都，故称“帝王州”。金陵作为历代帝都将近四百年。

② 佳气：指产生帝王的一种“气”。这是一种迷信的说法。

③ “晋代”句：晋代的帝王将相，早已是一抔黄土。冠，古代士以上的穿戴。衣冠，指古代士以上的衣着，后引申为士族、绅士。古丘，坟墓。

④ 回头：指透彻醒悟。佛家云：“苦海无边，回头是岸。”

Song of a Southern Country

The capital's been ruled by kings since days gone by.
The rich green and lush gloom breathe a majestic sigh.
Like dreams has passed the reign of four hundred long years,
Which calls forth tears.
Ancient laureates were buried like their ancient peers.

Along the river I go where I will;
Up city walls and watch towers I gaze my fill.
Do not ask what has passed without leaving a trail!
To what avail?
The endless river rolls in vain beyond the rail.

菩萨蛮·集句

海棠乱发皆临水[①]，君知此处花何似？

凉月白纷纷，香风隔岸闻。

啭枝黄鸟近，隔岸声相应。

随意坐莓苔[②]，飘零酒一杯。

---

① “海棠”句：语出唐刘禹锡《和牛相公游南庄醉后寓言戏赠乐天兼见示》：“蔷薇乱发多临水。”

② “随意”句：语出杜甫《陪郑广文游何将军山林十首》之五：“兴移无洒扫，随意坐莓苔。”

Buddhist Dancers

Old Verses Rearranged

By waterside the crabapple flowers run riot;
You know what they look like on rivershore so quiet.
In cold moonlight while petals fall with ease,
Across the stream blows fragrant breeze.

Golden orioles warble on the tree nearby;
Their warbling echoes low and high.
I sit as I please on moss fine,
Stroll or float with a cup of wine.

王安国

WANG ANGUO

作者简介

王安国（1028—1074），字平甫，临川（今江西抚州）人。北宋政治家、著名诗人。王安石胞弟。

虽然多次参加应试，但因仕籍纠葛，又不愿倚仗其兄王安石之势谋取功名，因而未能中第。熙宁元年（1068年），经大臣韩琦举荐，经神宗召试，赐进士及第，后任西京国子监教授，时年四十一岁。

乃一代文豪，诗词文作品皆丰。器识磊落，文思敏捷，曾巩谓其“于书无所不通，其明于是非得失之理为尤详，其文闳富典重，其诗博而深”。今有《王校理集》。存词三首。

清平乐·春晚

留春不住，费尽莺儿语。
满地残红宫锦[①]污，昨夜南园[②]风雨。

小怜[③]初上琵琶，晓来思绕天涯。
不肯画堂朱户，春风自在杨花[④]。

---

① 宫锦：宫中特用的锦缎。此处喻指落花。
② 南园：泛指园囿，即有畜鸟兽的皇家花园。
③ 小怜：北齐后主高纬宠妃冯淑妃之名。冯淑妃天资聪慧，善弹琵琶。此处借指弹琵琶的歌女。
④ 杨花：一作“梨花”。

Pure Serene Music

Spring cannot be retained,
Though orioles have exhausted their song.
The ground is strewn with fallen reds like brocade stained,
The southern garden washed by rain all the night long.

For the first time the songstress plucked pipa string;
At dawn her yearning soars into the sky.
The painted hall with crimson door's no place for spring;
The vernal breeze with willow down wafts high.

减字木兰花[①]·春情

画桥流水，雨湿落红飞不起。
月破黄昏，帘里余香[②]马上闻。

徘徊不语，今夜梦魂何处去？
不似垂杨，犹解飞花入洞房[③]。

① 减字木兰花：词牌名，又名《减兰》《木兰香》《偷声木兰花》《木兰花慢》等，由木兰花令（词牌）减字变韵而成。

② 余香：指女子使用的脂粉香味，此处代指人。

③ 洞房：幽深的居室。

Shortened Form of Magnolia Flower

Spring Lore

Beneath the painted bridge water flows by;
No fallen flowers wet with rain can ever fly.
At dusk the moon is seen;
On horse I still smell the fragrance behind the screen.

Silently lingering around,
Where will my dreaming soul tonight be found?
Unlike the weeping willow,
Whose down will fly into her room and on her pillow.

晏几道

YAN JIDAO

作者简介

晏几道（1038—1110），字叔原，号小山，抚州临川（今江西抚州）人。晏殊第七子。北宋著名词人。

七岁能文，十四岁中进士，历任颍昌府许田镇监、乾宁军通判、开封府判官等。

自幼潜心六艺，旁及百家，尤喜乐府，文才出众，词风似父而造诣过之，与其父晏殊合称“二晏”，是婉约派的重要词家。工于言情，其小令语言清丽，感情深挚，尤负盛名。晏词表达情感直率，多写爱情生活。又因中年家道中落，落拓一生，饱尝世态炎凉，所作多感伤之辞，词风缠绵凄婉。今有《小山词》。存词二百六十余首。

临江仙

梦后楼台高锁，酒醒帘幕低垂。

去年春恨却来[1]时。

落花人独立，微雨燕双飞[2]。

记得小蘋[3]初见，两重心字罗衣[4]。

琵琶弦上说相思。

当时明月在，曾照彩云[5]归。

---

① 却来：又来，再次来到。

② “落花”二句：此二句出自五代翁宏《春残》诗：“又是春残也，如何出翠帏？落花人独立，微雨燕双飞。”

③ 小蘋：歌女名。

④ 心字罗衣：一说是绣有心字图案的罗衣，有心心相印的意思。一是说用心字香薰过的罗衣。

⑤ 彩云：喻指小蘋。

Riverside Daffodils

Awake from dreams, I find the locked tower high;

Sober from wine, I see the curtain hanging low.

As last year spring grief seems to grow.

Amid the falling blooms alone stand I;

In the fine rain a pair of swallows fly.

I still remember when I first saw pretty Ping,

In silken dress embroidered with two hearts in a ring,

Revealing lovesickness by touching pipa's string.

The moon shines bright just as last year:

It did see her like a cloud disappear.

蝶恋花

梦入江南烟水路，行尽江南，不与离人遇。

睡里消魂[①]无说处，觉来惆怅消魂[②]误。

欲尽此情书尺素，浮雁沉鱼[③]，终了无凭据。

却倚缓弦歌别绪，断肠移破秦筝柱[④]。

① 消魂：魂魄消灭，多形容悲伤愁苦之状。

② 消魂：一作“佳期”。

③ 浮雁沉鱼：古代诗文中常以鸿雁和鱼作为传递书信的使者，因合称鱼雁为书信，或传书信者。亦有以鳞代鱼，以鸿作雁者。

④ “断肠”句：移破了筝柱也难抒发怨情。移破，移尽或移遍。破，唐宋大曲术语。

Butterflies in Love with Flowers

I dreamed of roving on the southern river shore,
However far I might go,
I could not find the fair one I adore.
To whom could I tell of my woe?
Awake, I am as sorrow-laden as before.

I would put down my love sickness in black and white,
No swan above nor fish below Would bring to her the
love letter I write.
I can but pluck the strings to sing my woe;
My broken heart would break the strings of zither tight.

鹧鸪天[①]

彩袖殷勤捧玉钟[②]，当年拚却[③]醉颜红。
舞低杨柳楼心月，歌尽桃花扇底风。

从别后，忆相逢，几回魂梦与君同[④]！
今宵剩[⑤]把银釭[⑥]照，犹恐相逢是梦中。

① 鹧鸪天：词牌名，又名《思佳客》《醉梅花》《剪朝霞》《骊歌一跌》。

② “彩袖”句：初逢时，你酥手捧玉盅殷勤劝酒。彩袖，代指穿彩衣的歌女。玉钟，珍贵的酒杯。

③ 拚（pàn）却：甘愿，不顾惜。却，语气助词。

④ 同：聚在一起。

⑤ 剩：通“尽”，只管。

⑥ 银釭：银质的灯台，此处代指灯。

Partridges in the Sky

Time and again with rainbow sleeves you tried to fill
My cup with wine that, drunk,
I kept on drinking still.
You danced till the moon hung low over the willow trees;
You sang until amid peach blossoms blushed the breeze.

Then came the time to part,
But you're deep in my heart.
How many times have I met you in dreams at night!
Now left to gaze at you in silver candlelight,
I fear it is not you,
But a sweet dream untrue.

生查子[①]

长恨涉江遥，移近溪头住。
闲荡木兰舟[②]，误入双鸳浦[③]。

无端轻薄云，暗作帘纤雨[④]。
翠袖不胜寒，欲向荷花语。

---

① 生查子：原唐教坊曲，后用作词牌名。又名《相和柳》《梅溪渡》《陌上郎》《遇仙楂》《愁风月》等。

② 木兰舟：以香木制成的船只，泛指佳美的小船。

③ 双鸳浦：鸳鸯成双作对的水边。

④ “无端”两句：云、雨本指男女间的欢合，此处有凄冷悲凉之意。

Song of Hawthorn

She never likes to cross the river far

And moves towards its head, where lovebirds are.

She sets her orchid boat adrift at leisure And goes astray

like lovebirds seeking pleasure.

An unexpected fickle cloud unseen

Turns into drizzling rain behind the screen.

Her greenish sleeves can't stand the cold.

To whom could she complain but to the lotus bloom?

采桑子[①]

秋来更觉消魂苦，小字还稀。
坐想行思，怎得相看似旧时。

南楼把手凭肩处，风月应知。
别后除非，梦里时时得见伊。

① 采桑子：词牌名，原本唐教坊大曲。又名《丑奴儿》《罗敷媚歌》等。双调四十四字，上下片各四句三平韵。

Gathering Mulberries

Since autumn came, my soul has been consumed for you,
Your letters still so few.
At home or on the way,
Could we look at each other as in olden day?

In south tower we sat side by side, hand in hand,
Known to wind and moonbeams.
But since you left the land,
Where could we sit again side by side but in dreams?

清平乐

留人不住[①]，醉解兰舟[②]去。
一棹碧涛春水路，过尽晓莺啼处。

渡头杨柳青青，枝枝叶叶离情。
此后锦书休寄，画楼云雨无凭[③]。

① 留人不住：郑文宝《柳枝词》："亭亭画舸系春潭，直到行人酒半酣。不管烟波与风雨，载将离恨过江南。"此处翻用其意。

② 兰舟：木兰舟，以木兰树所造之船。此处泛指船只。

③ "画楼"句：画楼里的欢娱不过是一场春梦，山盟海誓空口无凭。云雨，隐喻男女鱼水之欢。无凭，靠不住。

Pure Serene Music

I could not persuade you to stay;
Drunk, you untied the cabled boat and went away.
Dipping the oars into green waves of spring,
You'd pass all trees where golden orioles sing.

The ferry's green with willows, leaf on leaf
And twig on twig reveal the parting grief.
Write no more letter if you forget the fresh shower
Brought by the cloud for thirsting flower!

木兰花

秋千院落重帘暮，彩笔[①]闲来题绣户。
墙头丹杏雨余花，门外绿杨风后絮。

朝云信断知何处？应作襄王春梦[②]去。
紫骝[③]认得旧游踪，嘶过画桥东畔路。

① 彩笔：江淹有五彩笔，因而文思敏捷。

② 襄王春梦：实为先王梦之误传。“先王”游高唐，梦神女荐枕，临去，神女有“旦为行云，暮为行雨”一说。

③ 紫骝：古骏马名，此处泛指骏马。

Magnolia Flower

The sun sets over the garden swing and curtained bower;
Within embroidered doors my pen's made verse with ease.
Red apricots fade over the wall after the shower;
Green willow catkins out of doors waff in the breeze.

Where is my morning cloud leaving nor word nor trace?
She must have gone into another's vernal dream.
My piebald horse still knows my old-time roving place;
It neighs on passing painted bridge over eastern stream.

玉楼春

雕鞍好为莺花[1]住，占取东城南陌路[2]。
尽教春思乱如云，莫管世情轻似絮。

古来多被虚名误，宁负虚名身莫负。
劝君频入醉乡[3]来，此是无愁无恨处。

---

① 莺花：莺啼花开，用以泛指春日景物。亦可喻指风月繁华。

② 东城南陌路：北宋都城开封城东、城南极为繁华热闹。亦可泛指繁华之所。

③ 醉乡：王绩《醉乡记》载："醉之乡去中国，不知其几千里也。其土旷然无涯，无丘陵阪险；其气和平一揆，无晦朔寒暑；其俗大同，无邑居聚落；其人甚清。"

Spring in Jade Pavilion

With orioles and flowers your saddled horse may stay;
You'd better go eastwards on the southern pathway.
Let vernal thoughts run riot as cloud o'er the town;
Make light of the ways of the world as willow down!

Men are misled by glory vain since olden days.
Do not belie yourself and trust not the world ways!
I would advise you to drown your sorrow in wine;
This is a place where you need not regret nor pine.

阮郎归[1]

旧香残粉[2]似当初，人情恨不如。
一春犹有数行书，秋来书更疏[3]。

衾凤[4]冷，枕鸳[5]孤，愁肠待酒舒。
梦魂纵有也成虚，那堪和梦无[6]。

① 阮郎归：词牌名，又名《醉桃源》《醉桃园》《碧桃春》等。

② 旧香残粉：指旧日残剩的香粉。香粉，女性化妆用品。

③ 疏：稀少。

④ 衾凤：绣有凤凰图纹的彩被。

⑤ 枕鸳：绣有鸳鸯图案的枕头。

⑥ “那堪”句：怎忍受连想做个虚幻的梦也没有。和，连。

The Lover's Return

Old perfume and face powder smell as before;
To my regret your love's no more.
You sent me but few lines in spring,
Still fewer words does autumn bring.

Cold phoenix quilt for two,
And lovebird pillow lonely,
My sorrow can be drowned in wine only.
E'en if I dream of you, the dream will not come true.
Now you won't come in dreams, what can I do?

浣溪沙

日日双眉斗画长，行云飞絮共轻狂[①]。

不将心嫁冶游郎[②]。

溅酒滴残歌扇字，弄花熏得舞衣香。

一春弹泪说凄凉。

① “行云”句：像天上的行云那样轻浮，像纷飞的柳絮那样狂荡。行云飞絮，不仅写歌女的举止情态，也暗示了她的身份。飞絮，诗词中常用杨花、柳絮的飘飞无定喻女子的命运和行踪。

② 冶游郎：指浪荡的男子。

Silk-Washing Stream

From day to day we vie in painting eyebrows long,
As light-hearted as wafting clouds and willow down,
My heart won't wed a gallant fond of wine and song.

The wine I split left stains on my fan of songstress;
The flowers I played with, perfumed my dancing gown.
Shedding tears all the spring, I tell my loneliness.

诉衷情

长因蕙草记罗裙①，绿腰②沈水③熏。
阑干曲处人静，曾共倚黄昏。

风有韵④，月无痕，暗销魂。
拟将幽恨，试写残花，寄与朝云⑤。

---

① “长因”句：南朝江总之妻《赋庭草》：“雨过草芊芊，连云锁南陌。门前君试看，是妾罗裙色。”作者承化其意。

② 绿腰：绿色的裙腰。此处意指女子体态轻盈、婀娜多姿。

③ 沈水：通“沉”，指沉香。此处用以形容女子品格高远、气韵不凡。

④ 韵：情韵。

⑤ 朝云：比喻行踪不定的爱人。

Telling Innermost Feeling

I oft remember your robe when green grass is seen,
Perfumed by incense burnt your girdle green.
All is quiet along the balustrade,
On which we leaned when daylight began to fade.

The breeze is full of grace,
The moon has left no trace,
My soul is steeped in hidden grief
And I would try
To write it on a withered flower or leaf
And send it to the morning cloud on high.

点绛唇

花信[①]来时，恨无人似花依旧。

又成春瘦，折断门前柳。

天与多情，不与长相守[②]。

分飞[③]后，泪痕和酒，占了双罗袖。

---

① 花信：花开的风信、消息。古人将春天分为二十四番花信，即二十四番花信风，各种名花按花信顺序开放。

② “天与”二句：上天赋予了人多情的心，却不肯给予长相厮守的机会。

③ 分飞：指离别。

Rouged Lips

When flowers herald spring again,
Why won't my lord come back with flowers as before?
Now spring begins to wane;
I've broken all his willow twigs before the door.

Heaven above
Tells us to love.
Why are we kept apart so long?
Since he sang farewell song,
Even wine grieves,
Mingled with tears, it's stained my sleeves.

少年游

离多最是，东西流水，终解[①]两相逢。
浅情纵似，行云[②]无定，犹到梦魂中。

可怜[③]人意，薄于云水，佳会更难重[④]。
细想从来，断肠多处，不与这番同！

---

① 解：懂得，知道。

② 行云：喻指自己所思念的女子。此处暗用巫山神女朝云暮雨之传说。

③ 可怜：可惜。

④ 难重：难以再来。

Wandering While Young

The eastern water and the western part,
Oh, but at last
They'll merge into one stream.
The fickle clouds have not a heart;
Though they have passed,
At night they'll come into your dream.

But woman is more fickle than water and cloud.
Alas! but when
May I meet the fickle one again?
On thinking over, I've been overflowed
With heartbreak.
Oh, but what difference this time makes!

留春令

画屏天畔，梦回依约[①]，十洲[②]云水。
手捻[③]红笺寄人书，写无限伤春事。

别浦[④]高楼曾漫倚，对江南千里。
楼下分流水[⑤]声中，有当日凭高泪[⑥]。

① 依约：依稀，隐约。

② 十洲：传说中神仙居住的地方，在八方巨海中。

③ 捻：拈取。

④ 别浦：送别的水边。

⑤ 分流水：以水的分流喻人的离别。

⑥ 凭高泪：此处化用冯延巳《三台令》：“流水，流水，中有伤心双泪。”

Delaying Spring's Departure

By painted screen vaguely I dream Of clouds and waves in the celestial stream.
Awake, I take rosy paper in hand And send a letter to the fairyland.
Could I write on one leaf
My boundless vernal grief?

I've leaned on rails at random in the Farewell Tower
In face of Southern Riverside so far and wide.
The stream divides before our bower.
When shall I see the tears
We shed in bygone years?

思远人

红叶黄花秋意晚①，千里念行客。

飞云过尽，归鸿无信，何处寄书得？

泪弹不尽临窗滴，就砚旋②研③墨。

渐写到别来④，此情深处，红笺为无色。

① “红叶”句：林叶转红，黄菊开遍，晚秋时节秋意浓。红叶，此处指枫叶。黄花，菊花。

② 旋：立刻，立即。

③ 研：研磨。

④ “渐写”句：指一直写到离别后。别来，指离别后。

Thinking of the Far-off One

Red leaves and yellow blooms fall, late autumn is done.
I think of my far-roving one.
Gazing on clouds blown away by the breeze
And messageless wild geese,
Where can I send him word under the sun?

My endless tears drip down by windowside
And blend with ink when they're undried.
I write down the farewell we bade;
My deep love impearled throws a shade
On rosy papers and they fade.

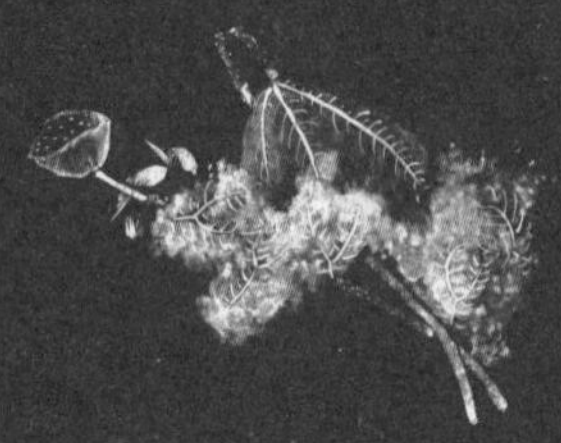

王观

WANG GUAN

作者简介

王观（1035—1100），字通叟，号逐客，泰州如皋（今江苏如皋）人。北宋词人。

宋仁宗嘉祐二年（1057年）进士，后历任大理寺丞、江都知县等，官至翰林学士。相传曾奉诏作《清平乐》一首，描写宫廷生活。高太后对王安石变法不满，认为王观属于王安石门生，故以此《清平乐》亵渎了宋神宗为名，罢免其职。于是自号“逐客”，以一介平民生活。

其词内容单薄，境界狭小，不出传统格调，但构思新颖，造语俳丽，艺术上颇有特色。今有《冠柳集》。存词十六首。

卜算子

送鲍浩然[①]之浙东。

水是眼波横[②]，山是眉峰聚[③]。
欲问行人去那边？眉眼盈盈处[④]。

才始送春归，又送君归去。
若到江南赶上春，千万和春住。

---

① 鲍浩然：作者的朋友，生平不详。家住浙江东路（今浙江东南部），简称浙东。

② “水是”句：水像美人流动的眼波。古人常以秋水喻美人之眼，此处为反用。

③ “山是”句：山像美人蹙起的眉毛。古人多喻美人之眉为远山，此处为反用。

④ “眉眼”句：指浙东山水秀丽的地方。盈盈，美好的样子。

Song of Divination

The rippling stream's a beaming eye;

The arched brows are mountains high.

May I ask where you're bound?

There beam the eyes with arched brows around.

Spring's just made her adieu,

And now I'll part with you.

If you overtake Spring on southern shore,

Oh, stay with her once more!

苏轼

SU SHI

作者简介

苏轼（1037—1101），字子瞻，号东坡居士，世称苏仙、坡仙，眉州（今四川眉山）人，祖籍河北栾城（今河北石家庄）。北宋文学家、书法家、画家、美食家。

嘉祐二年（1057年）进士。宦海沉浮，仕途坎坷。宋神宗时先后在杭州、密州、徐州、湖州等地任职。神宗元丰三年（1080年），因“乌台诗案”被贬为黄州团练副使。宋哲宗即位后，任翰林学士、侍读学士、礼部尚书等职，并出知杭州、颍州、扬州、定州等地，晚年因新党执政被贬惠州、儋州。宋徽宗时获大赦北还，途中于常州病逝。宋高宗时追赠太师，宋孝宗时追谥“文忠”。

北宋中期文坛领袖、全才巨匠，在诗、词、文、书、画等方面成就很高。因阅历复杂深广，诗题材广阔，清新豪健，善用夸张、比喻，独具风格，与黄庭坚并称“苏黄”。词开豪放一派，与辛弃疾同是豪放派代表，并称“苏辛”。散文著述宏富，豪放自如，与欧阳修并称“欧苏”。“唐宋八大家”之一。善书法，是“宋四家”之一。擅长文人画，尤擅长画墨竹、怪石、枯木等。著有《东坡七集》《东坡乐府》《枯木怪石图》等。今存词三百五十余首。

昭君怨[①]

金山送柳子玉[②]。

谁作桓伊三弄[③]，惊破绿窗幽梦。
新月与愁烟，满江天[④]。

欲去又还不去，明日落花飞絮[⑤]。
飞絮送行舟，水东流。

---

① 昭君怨：词牌名，又名《宴西园》《一痕沙》。此词四十字，四换韵，两仄韵两平韵递转，上下片同。

② 柳子玉：即柳瑾，字子玉，苏轼的亲戚，其子仲远为苏轼亲堂妹婿。

③ 桓伊三弄：桓伊，晋人，善音乐，尤精吹笛。三弄，原意指全曲主题反复出现三次，此处指“三调”，即吹了三种曲调。

④ “新月”二句：作者化用孟浩然《宿建德江》：“移舟泊烟渚，日暮客愁新。野旷天低树，江清月近人。”一诗。

⑤ 飞絮：飘飞的柳絮。

Lament of a Fair Lady

Farewell to liu ziyu on Mountain Jin

Who's playing on the flute a gloomy tune,
Breaking the green window's dreary dream?
The dreary mist veils the new moon,
Outspread in the sky over the stream.

You linger still though you must go.
Flowers and willow down will fall tomorrow.
They will see your boat off, laden with sorrow,
But still the stream will eastward flow.

醉落魄[①]·离京口[②]作

轻云微月，二更酒醒船初发。
孤城回望苍烟合[③]。
记得歌时，不记归时节。

巾偏扇坠藤床滑，觉来幽梦无人说。
此生飘荡何时歇？
家在西南，常作东南别[④]。

① 醉落魄：词牌名，又名《一斛珠》《章台月》《怨春风》。双调五十七字，仄韵。

② 京口：古城（今江苏镇江），古时为长江下游的军事重镇。

③ “孤城”句：回头遥望京口，孤城已经隐没在雾蒙蒙的雾气当中。孤城，指京口。苍烟，灰蒙蒙的雾气。

④ “家在”二句：家住西南眉山，却经常向东南道别。此句意指作者仕途飘零。苏轼的家乡在四川眉山，故说“西南”。此时他正任杭州通判，经常往来于镇江、丹阳、常州一带，故称“东南别”。

Drunk and Lost

Leaving the Riverside Town

The crescent moon veiled by cloud light,
I wake from wine when my boat sets sail at midnight.
Turning my head toward the mist-veiled lonely town,
I only remember the farewell song,
But not when from the wineshop I got down.

Hood wry, fan dropped, I slipped from wicker bed.
Whom can I tell the dreary dream I dread?
When from this floating life may I take rest?
My hometown in southwest,
Why do I oft in southeast bid adieu as guest?

南乡子·送述古[1]

回首乱山横，不见居人只见城[2]。

谁似临平山[3]上塔，亭亭[4]，迎客西来送客行。

归路晚风清，一枕初寒梦不成。

今夜残灯斜照处，荧荧[5]，秋雨晴时泪不晴。

---

① 述古：陈襄，字述古，苏轼好友，福建闽侯人。苏轼赴任杭州通判的第二年，陈襄接替前任杭州太守沈立之职，期满后，移任南都（今河南商丘南），苏轼作此词送别。

② “不见”句：化用唐欧阳詹《初发太原途中寄太原所思》中的“驱马觉渐远，回头长路尘。高城已不见，况复城中人”，谓城、人皆不可见。此处指见城不见人（指述古）。

③ 临平山：在杭州东北。临平塔时为送别的标志。

④ 亭亭：直立的样子。

⑤ 荧荧：既指“残灯斜照”，又指泪光。此处指残灯照射下泪珠的闪光。

Song of a Southern Country

Seeing Chen Shugu off

Turning my head, I find rugged mountains bar the sky,
I can no longer see you in the town.
Who can be like the hilltop tower looking down,
So high?
It welcomed you from the west and bids you goodbye.

I come back at dusk in a gentle breeze.
On chilly pillow how can I dream with ease?
Where will the flickering lamp shed its lonely light
Tonight?
When autumn rain no longer falls drop by drop,
Oh, will tears stop?

水调歌头

丙辰[①]中秋，欢饮达旦，大醉，作此篇，兼怀子由[②]。

明月几时有？把酒问青天。
不知天上宫阙，今夕是何年。
我欲乘风归去，又恐琼楼玉宇，高处不胜寒。
起舞弄清影，何似[③]在人间！

转朱阁，低绮户，照无眠。
不应有恨，何事长向别时圆？
人有悲欢离合，月有阴晴圆缺，此事古难全。
但[④]愿人长久，千里共婵娟。

---

① 丙辰：中国古代用干支纪年，每 60 年为一周期。此处的丙辰年即宋神宗熙宁九年（1076 年）。这一年，苏轼在密州（今山东省诸城市）任太守。
② 子由：苏辙，字子由，苏轼的弟弟。
③ 何似：何如，哪里比得上。
④ 但：只。

Prelude to Water Melody

How long will the full moon appear?
Wine cup in hand, I ask the sky.
I do not know what time of year
It would be tonight in the palace on high.
Riding the wind, there I would fly,
Yet I'm afraid the crystalline palace would be
Too high and cold for me.
I rise and dance, with my shadow I play.
On high as on earth, would it be as gay?

The moon goes round the mansions red
Through gauze-draped windows to shed
Her light upon the sleepless bed.
Against man she should have no spite.
Why then when people part, is she oft full and bright?
Men have sorrow and joy; they part or meet again;

The moon is bright or dim and she may wax or wane.

There has been nothing perfect since the olden days.

So let us wish that man

Will live long as he can!

Though miles apart, we'll share the beauty she displays.

念奴娇[①]·赤壁[②]怀古

大江东去，浪淘尽，千古风流人物。
故垒[③]西边，人道是，三国周郎赤壁。
乱石穿空，惊涛拍岸，卷起千堆雪。
江山如画，一时多少豪杰。

遥想公瑾当年，小乔[④]初嫁了，雄姿英发。
羽扇纶巾[⑤]，谈笑间，樯橹[⑥]灰飞烟灭。
故国神游，多情应笑我，早生华发。
人生如梦，一尊[⑦]还酹[⑧]江月。

---

① 念奴娇：词牌名，又名《百字令》《酹江月》等。

② 赤壁：山名。三国时孙权、刘备联军击败曹操的地方，在今湖北嘉鱼县东北。作者所游的赤壁在黄州，今湖北黄冈，也称赤鼻矶。

③ 故垒：当年驻扎军队的营垒。

④ 小乔：周瑜的妻子。周瑜，字公瑾，三国时吴国大将。即前文提到的周郎。

⑤ 纶巾：古代配有青丝带的头巾。

⑥ 樯橹：古代木船上的桅樯和橹桨。代指曹军战船。

⑦ 尊：通“樽”，古代盛酒的器具。

⑧ 酹：把酒洒在地上表示纪念。

Charm of a Maiden Singer

Thinking of Ancient in Red cliff

The endless river eastward flows;
With its huge waves are gone all those
Gallant heroes of bygone years.
West of the ancient fortress appears
Red Cliff where General Zhou won his early fame
When the Three Kingdoms were in flame.
Rocks tower in the air and waves beat on the shore,
Rolling up a thousand heaps of snow.
To match the land so fair, how many heroes of yore
Had made great show!

I fancy General Zhou at the height
Of his success, with a plume fan in hand,

In a silk hood, so brave and bright,

Laughing and jesting with his bride so fair,

While enemy ships were destroyed as planned

Like castles in the air.

Should their souls revisit this land,

Sentimental, his bride would laugh to say:

Younger than they, I have my hair turned grey.

Life is but like a dream.

O moon, I drink to you who have seen them on the stream.

西江月·黄州中秋

世事一场大梦，人生几度新凉[①]？

夜来风叶已鸣廊，看取眉头鬓上。

酒贱常愁客少，月明多被云妨。

中秋谁与共孤光[②]，把盏凄然北望[③]。

---

① 新凉：一作“秋凉”。

② 孤光：独挂中天的月亮。

③ 北望：一说是北望汴京（今河南开封），怀念皇帝；一说是思念故友；另一说是思念胞弟苏辙。从词的内容，以及联系苏轼其他词作，此处的“北望”是望汴京，表达了作者对国事的忧虑和对迫害自己的当权派的愤懑，同时表达了对胞弟深深的思念之情。

The Moon over the West River

The Mid-autumn Moon in Huangzhou

Like dreams pass world affairs untold,
How many autumns in our life are cold!
My corridor is loud with wind-blown leaves at night.
See my brows frown and hair turn white!

Of my poor wine few guests are proud;
The bright moon is oft veiled in cloud.
Who would enjoy with me the mid-autumn moon lonely?
Winecup in hand, northward I look only.

西江月·照野弥弥浅浪

顷在黄州，春夜行蕲水[①]中。过酒家饮，酒醉，乘月至一溪桥上，解鞍曲肱，醉卧少休。及觉已晓，乱山攒拥，流水锵然，疑非尘世也。书此语桥柱上。

照野弥弥[②]浅浪，横空隐隐层霄[③]。
障泥[④]未解玉骢骄，我欲醉眠芳草。

可惜一溪风月，莫教踏碎琼瑶。
解鞍欹枕绿杨桥，杜宇一声春晓。

---

① 蕲水：水名，流经湖北蕲春县境，在黄州附近。
② 弥弥：水波涌动的样子。
③ 层霄：弥漫的云气。
④ 障泥：马鞯，垂于马两旁以挡泥土。

The Moon over the West River

Wavelet on wavelet glimmers by the shores;
Cloud on cloud dimly appears in the sky.
Unsaddled is my white-jade like horse;
Drunk, asleep in the sweet grass I'll lie.
My horse's hoofs may break, I'm afraid,
The breeze-rippled brook paved by moonlit jade.
I tether my horse to a bough of green willow.
Near the bridge where I pillow
My head on arms and sleep till cuckoo's song awakes
A spring daybreak.

临江仙·夜归临皋

夜饮东坡醒复醉[①]，归来仿佛三更。

家童鼻息已雷鸣。敲门都不应，倚杖听江声[②]。

长恨此身非我有，何时忘却营营[③]。

夜阑[④]风静縠纹[⑤]平。小舟从此逝，江海寄余生。

---

① “夜饮”句：夜深宴饮在东坡的寓室里醒了又醉。苏轼谪贬黄州（今湖北黄冈）时，友人马正卿助其垦辟的游息之所，筑雪堂五间。

② 听江声：苏轼寓居临皋，位于长江边，故能听长江涛声。

③ 营营：周旋、忙碌，形容为利禄竞逐、钻营。

④ 夜阑：夜尽。

⑤ 縠纹：比喻水波细纹。縠，绉纱。

Riverside Daffodils

Come Back LinGao at Night

Drinking at Eastern Slope by night,
I sober, then get drunk again.
When I come back, it's near midnight,
I hear the thunder of my houseboy's snore;
I knock but no one answers the door.
What can I do but, leaning on my cane,
Listen to the river's refrain?

I long regret I am not master of my own.
When can I ignore the hums of up and down?
In the still night the soft winds quiver
On ripples of the river.
From now on I would vanish with my little boat;
For the rest of my life on the sea I would float.

定风波

三月七日，沙湖[①]道中遇雨。雨具先去，同行皆狼狈，余独不觉，已而[②]遂晴，故作此词。

莫听穿林打叶声，何妨吟啸且徐行。
竹杖芒鞋轻胜马，谁怕？一蓑烟雨任平生[③]。

料峭[④]春风吹酒醒，微冷。山头斜照却相迎。
回首向来[⑤]萧瑟处，归去，也无风雨也无晴[⑥]。

---

① 沙湖：位于今湖北黄冈东南三十里。苏轼被贬黄州后，准备在沙湖买田终老。
② 已而：不久，过一会儿。
③ “一蓑”句：披着蓑衣在风雨里过一辈子也处之泰然。蓑，用棕制成的雨衣。
④ 料峭：微寒的样子。
⑤ 向来：方才。
⑥ “也无”句：风雨天气和晴朗天气是一样的，没有差别。

Calming the Waves

Listen not to the rain beating against the trees.

Why don't you slowly walk and chant with ease?

Better than saddled horse I like sandals and cane.

O I would fain

Spend a straw-cloaked life in mist and rain.

Drunken, I'm sobered by vernal wind shrill

And rather chill.

In front I see the slanting sun atop the hill;

Turning my head, I see the dreary beaten track.

Let me go back!

Impervious to wind, rain or shine, I'll have my will.

少年游·润州[①]作

去年相送，余杭门[②]外，飞雪似杨花。
今年春尽，杨花似雪，犹不见还家。

对酒卷帘邀明月，风露透窗纱。
恰似姮娥[③]怜双燕，分明照、画梁斜。

---

① 润州：今江苏镇江。

② 余杭门：北宋时，杭州的北门之一。

③ 姮娥：即嫦娥，也指月亮。

Wandering While Young

Written at Runzhou

Last year we bade adieu
Outside the town;
Snow flew like willow down.
Like snow willow down flies,
But I can't come back to see you.

The screen uprolled, to wine I invite the moon bright;
Through the window the breeze brings in dew.
The Moon Goddess seems to care
For the swallows in pair.
She sheds her light
Into their dream
On painted beam.

卜算子·黄州定慧院[①]寓居作

缺月挂疏桐，漏断[②]人初静。
谁见幽人[③]独往来？缥缈孤鸿影。

惊起却回头，有恨无人省[④]。
拣尽寒枝不肯栖，寂寞沙洲[⑤]冷。

---

① 定慧院：又名定慧寺，在黄州东南。

② 漏断：漏壶水已滴尽，指夜色已深。漏，古代的计时工具漏壶，用铜制成，上下分好几层，上层底有小孔，可以滴水，层层下注，以底层蓄水多少计算时间。

③ 幽人：幽居的人，形容孤雁。

④ 无人省：无人识。省，了解。

⑤ 沙洲：江河中由泥沙淤积而成的小块陆地。

Song of Divination

Write in DingHui Temple in Huangzhou

From a sparse plane tree hangs the waning moon,
The water-clock is still and hushed is man.
Who sees a hermit pacing up and down alone?
Is it the shadow of a swan?

Startled, he turns his head.
With a grief none behold.
Looking all over, he won't perch on branches dead.
But on the lonely sandbank cold.

江城子

乙卯[①]正月二十日夜记梦。

十年[②]生死两茫茫，不思量[③]，自难忘。
千里孤坟[④]，无处话凄凉。
纵使相逢应不识，尘满面，鬓如霜。

夜来幽梦忽还乡，小轩窗[⑤]，正梳妆。
相顾无言，惟有泪千行。
料得年年肠断[⑥]处，明月夜，短松冈[⑦]。

---

① 乙卯：指宋神宗熙宁八年（1075 年）。
② 十年：指结发妻子王弗去世距今已十年。
③ 思量：想念。
④ 千里孤坟：苏轼在山东为官，妻子葬在四川，所以称为千里。
⑤ 小轩窗：指小室的窗前。轩，有窗子的房间。
⑥ 肠断：一作“断肠”。
⑦ 短松冈：栽种着矮小松树的山冈。据唐孟棨《本事诗·征异》载：“开元（唐玄宗年号）中有幽州衙将姓张者，妻孔氏，生五子，不幸去世……母忽于冢中出……题诗赠张曰：‘欲知肠断处，明月照孤坟。’”此用其意。

Riverside Town

A Dream on the Night of the Twentieth Day of the First Moon 1075

For ten long years the living of the dead knows nought,
Though to my mind not brought,
Could the dead be forgot?
Her lonely grave is far, a thousand miles away.
To whom can I my grief convey?
Revived even if she be, could she still know me?
My face is worn with care,
And frosted is my hair.

Last night I dreamed of coming to my native place;
She was making up her face
Before her mirror with grace.

Each saw the other hushed,

But from our eyes tears gushed.

Can I not be heart-broken when I am awoken

From her grave clad with pines,

Where only the moon shines!

蝶恋花·春景

花褪残红青杏小。燕子飞时，绿水人家绕。

枝上柳绵①吹又少，天涯何处无芳草②。

墙里秋千墙外道。墙外行人，墙里佳人笑。

笑渐不闻声渐悄③，多情却被无情恼④。

① 柳绵：柳絮。

② “天涯”句：意指春光已浓，芳草遍地长满。

③ 悄：消失。

④ “多情”句：仿佛多情的自己被无情的少女所伤害。多情，指墙外行人。无情，指墙内佳人。

Butterflies in Love with Flowers

Red flowers fade, green apricots appear still small,
When swallows pass
Over blue water that surrounds the garden wall.
Most willow catkins have been blown away, alas!
But there is no place where grows no sweet grass.

Without the wall there is a path, within a swing.
A passer-by
Hears a fair maiden's laughter in the garden ring.
The ringing laughter fades to silence by and by;
For the enchantress the enchanted can only sigh.

生查子·诉别[①]

三度别君来[②]，此别真迟暮。
白尽老髭须[③]，明日淮南[④]去。

酒罢月随人，泪湿花如雾[⑤]。
后月逐君还，梦绕湖边路。

① 诉别：元本词题作“送苏伯固”。苏伯固，即苏坚，字伯固，泉州人，居丹阳。他博学能诗，对人有风义；为钱塘丞，督开西湖，与苏轼唱和甚多。

② “三度”句：指多次与苏伯固作别。

③ 髭须：胡须。

④ 淮南：此处指扬州。

⑤ 花如雾：老年头发花白，如雾中看花。

Song of Hawthorn

On Partion

Thrice I have bidden you goodbye;
This time we're old with sorrow.
Over white hair and beard we sigh:
Southward you'll go tomorrow.

Drunk, I'm followed by the moon bright,
Blooms wet with tears as with moonbeams.
Will you not come back with moonlight?
The lakeside lane will haunt you in dreams.

阳关曲[①]·中秋月

暮云收尽溢[②]清寒，银汉[③]无声转玉盘[④]。

此生此夜不长好，明月明年何处看。

① 阳关曲：词牌名，本名《渭城曲》，又名《阳关三叠》。因唐王维诗《送元二使安西》中“西出阳关无故人”一句而得名。后被编成曲谱歌唱，以王维诗为主要歌词，又有所增添，抒写离情别绪，称《阳关曲》。全曲分为三段，歌词也反复三次，所以称为《阳关三叠》。

② 溢：满得流出来。暗指月色如水。

③ 银汉：银河。鲍照诗：“夜来坐几时，银汉倾露落。”

④ 玉盘：月亮。李白诗：“小时不识月，呼作白玉盘。”

Song of the Sunny Pass

The Mid-Autumn Moon

Evening clouds withdrawn, pure cold air floods the sky;
The River of Stars mute, a jade plate turns on high.
How oft can we enjoy a fine mid-autumn night?
Where shall we view next year a silver moon so bright?

调笑令[①]·渔父

渔父，渔父，江上微风细雨。
青蓑黄箬[②]裳衣[③]，红酒白鱼暮归。

归暮[④]，归暮，长笛一声何处。

① 调笑令：词牌名，又名《调啸词》《三台令》《转应曲》《古调笑》《宫中调笑》等。词牌名以令曲的形式歌咏调侃、揶揄、开玩笑的小曲。单调，正体单调三十二字，八句，四仄韵、两平韵、两叠韵。另有一体仄韵三十八字。

② 箬：竹壳。

③ 裳衣：下身服饰，此处指裤子。

④ 归暮：傍晚归家。

Song of Flirtation

Fisherman

Fisherman,

Fisherman,

On the river in gentle wind and rain,

In blue straw cloak, broad-brimmed hat on the head,

He comes back late at dusk with fish white and wine red.

Come late with ease,

Come late with ease,

He plays his flute, but who knows where he is?

减字木兰花·琴

神闲意定，万籁收声天地静。
玉指冰弦，未动宫商[①]意已传。

悲风流水[②]，写出寥寥千古意。
归去无眠，一夜余音在耳边。

① 宫商：古音，此处指代音乐。律为宫商角徵羽，相当于现在的音阶。
② 悲风流水：弹奏的琴声如苍凉的风，如潺潺的流水。

Shortened Form of Magnolia Flower

The Lute

Leisurely and tranquil,

When all voices are hushed, the sky and earth seem still.

Before a tune is played

By fingers and lute of jade, its feeling is conveyed.

The breeze saddens the stream,

The lute exhales an unfulfilled eternal dream.

Sleepless when back, I hear

It's music lingering all night long in the ear.

如梦令[①]·题淮山楼[②]

城上层楼叠巘[③]，城下清淮[④]古汴。
举手揖吴云[⑤]，人与暮天俱远。
魂断，魂断，后夜松江[⑥]月满。

① 如梦令：词牌名。原名《忆仙姿》，又名《宴桃源》。苏轼嫌其不雅，依后唐庄宗词“如梦，如梦，残月落花烟重”句，更为《如梦令》。有单调、双调两体。苏轼词中用此调均为单调一体。

② 淮山楼：在泗州治所临淮（位于今江苏汴洪东南，清康熙年间被洪水淹没，陷入洪泽湖），即旧有的都梁台。

③ 层楼叠巘（yǎn）：高耸的楼台和重叠的山峰。层楼：即高楼，指淮山楼。叠巘：重叠的山峰。

④ 清淮：清澈的淮河水。淮河为古代四渎（长江、黄河、淮河、济水）之一。

⑤ 吴云：吴地的云。此处指南方的天空。

⑥ 松江：即吴淞江。

Dreamlike Song

On the Riverside Tower

Towers on city walls like peaks appear;
Below the walls flow rivers old and clear.
I raise my hand to greet the southern cloud on high
Only to find my friend as far apart
As the evening sky.
Broken's my heart,
Broken's my heart,
To see another night
On Southern Stream a full moon bright.

李之仪

LI ZHIYI

作者简介

李之仪（1048—1117），字端叔，自号姑溪居士、姑溪老农，沧州无棣（今山东滨州）人。北宋词人。

宋神宗年间进士。宋哲宗元祐初为枢密院编修官，通判原州。苏轼任定州知府时，聘其为幕僚。后御史石豫参劾他曾为苏轼幕僚，不可任京官，遂停职。宋徽宗崇宁初提举河东常平。后因得罪权贵蔡京，除名，编管太平州(今安徽当涂)。后遇赦复官。晚年卜居当涂，终年七十岁。

能文，词工，以小令见长，笔力工巧，风格清婉峭倩，似秦观。今有《姑溪词》。存词九十四首。

卜算子

我住长江头[①]，君住长江尾[②]。
日日思君不见君，共饮长江水。

此水几时休[③]，此恨何时已。
只愿君心似我心[④]，定[⑤]不负相思意。

---

① 长江头：指长江上游。

② 长江尾：指长江下游。

③ 休：尽，停止。

④ “只愿”句：只希望你的心思和我一样相守不移。化用顾敻《诉衷情》中“换我心，为你心，始知相忆深”词意。

⑤ 定：此处为衬字。在词规定的字数外适当地增添一两个不太关键的字词，以更好地表情达意，谓之衬字，亦称“添声”。

Song of Divination

I live upstream and you downstream.
From night to night of you I dream.
Unlike the stream you're not in view,
Though we both drink from River Blue.

Where will the water no more flow?
When will my grief no longer grow?
I wish your heart would be like mine,
Then not in vain for you I pine.

忆秦娥·用太白韵

清溪咽。霜风洗出山头月。

山头月。迎得云归，还送云别。

不知今是何时节。凌歊[①]望断音尘绝。

音尘绝。帆来帆去，天际双阙[②]。

① 凌歊：即凌歊台。南朝宋孝武帝曾登此台，并筑离宫于此。位于今安徽当涂县西。

② 双阙：古时宫门前两边供瞭望用的楼。此处指帝王的住所。

Dream of a Fair Maiden

Rhyming with Li Bai's Lyric

The clear stream's chill,
Steeped in the frosty wind the moon atop the hill.
The moon atop the hill
Greets clouds on high
And waves goodbye.

I do not know what day's today.
Looking afar,
I see not your trace far away.
You're far away,
Sails come and go,
Two towers glow.

黄庭坚

HUANG TINGJIAN

作者简介

黄庭坚（1045—1105），字鲁直，号山谷道人、涪翁，洪州分宁（今江西修水）人。北宋著名文学家、书法家，为盛极一时的江西诗派开山之祖。

宋英宗治平四年（1067年）进士，官至校书郎。宋哲宗、宋徽宗时，先后贬至涪州、宜州。后逝世于贬地。

工词，词风近苏轼，疏放轻健，亦有市井气息作品。与杜甫、陈师道和陈与义素有“一祖三宗”（一祖杜甫，三人各为一宗）之称。生前与苏轼齐名，世称“苏黄”。与张耒、晁补之、秦观游学于苏轼门下，为“苏门四学士”之首。书法独树一帜，为“宋四家”之一。今有《山谷词》。存作品一百八十余首。

定风波·次高左藏使君韵

万里黔中一漏天[①]，屋居终日似乘船。
及至[②]重阳天也霁，催醉，鬼门关[③]外蜀江前。

莫笑老翁犹气岸[④]，君看，几人黄菊上华颠[⑤]？
戏马台南追两谢[⑥]，驰射，风流犹拍古人肩。

① “万里”句：黔中阴雨连绵，仿佛天漏，遍地都是水。黔中，即黔州（今四川彭水）。漏天，指阴雨连绵。

② 及至：直至，表示等到某种情况出现。

③ 鬼门关：即石门关，位于今重庆市奉节县东，两山相夹如蜀门户。

④ 气岸：气度傲岸。

⑤ 华颠：白头。

⑥ “戏马”句：吟诗填词，堪比戏马台南赋诗的谢瞻和谢灵运。戏马台，一名掠马台，项羽所筑，位于今江苏徐州。晋安帝义熙十二年（416 年），刘裕北征，九月九日会僚属于此，赋诗为乐，谢瞻和谢灵运各赋一首。两谢，即谢瞻和谢灵运。

Calming the Waves

The rain pours down for miles and miles in western land;
All the day long like boats in water houses stand.
When comes the Mountain-Climbing Day the weather's fine.
Be drunk with wine
In front of River Shu where Hell is near at hand.

Don't laugh at an old man still proud and in high glee!
Oh, let us see
How many white-haired heads are pinned with golden flower?
I'd follow ancient poets at the Racing Tower.
Let's shoot and ride!
I'd tap them on the shoulder when we're side by side.

清平乐

春归何处？寂寞无行路[①]。
若有人知春去处，唤取归来同住。

春无踪迹谁知？除非问取[②]黄鹂。
百啭[③]无人能解，因风[④]飞过蔷薇。

① “寂寞”句：找不到春的脚印，四处一片清寂。寂寞，清静，寂静。行路，指春天来去的踪迹。

② 问取：呼唤，询问。取，语气助词。

③ 百啭：形容黄鹂婉转的鸣声。

④ 因风：顺着风势。

Pure Serene Music

Where is spring gone?
To lonely place unknown.
If anybody knows which way she goes,
Please call her back to stay!

Spring's left no traces on the land;
None know where but orioles who sing,
A hundred tunes none understand.
Riding the wind, over rose bush they wing.

鹧鸪天

座中有眉山[1]隐客史应之[2]和前韵即席答之。

黄菊枝头生晓寒，人生莫放酒杯干。
风前横笛斜吹雨，醉里簪花倒著冠[3]。

身健在，且加餐。舞裙歌板尽清欢。
黄花白发[4]相牵挽，付与时人冷眼看。

---

① 眉山：今属四川，距峨眉不远。

② 史应之：名铸，四川眉山人，为塾师，落魄无检，喜作鄙语，人以屠僧目之，常与黄庭坚诗词唱和。

③ “醉里”句：酒醉时倒戴帽子、摘下菊花插在头上。倒著冠，西晋名士山简任征南将军，经常畅饮大醉，人们为他编了歌谣，其中有“复能乘骏马，倒著白接篱”句（白接篱是一种头巾）。此处用典以描述醉相。

④ 黄花白发：老人头上插着黄花，此处指作者自己。

Partridges in the Sky

On yellow chrysanthemums dawns the morning chill.

Do not let your wine cup go dry while you live still!

Play on your flute when slants the rain and blows the

breeze

Drunk, pin a flower on your invert hat with ease!

When you keep fit, eat better meal and drink more wine!

Enjoy your fill

With dancers sweet and songstresses fine!

Golden blooms become the young and white hair the old.

Why should I care for other peoples glances cold?

诉衷情

戎州登临胜景，未尝不歌渔父家风，以谢江山。门生请问：先生家风如何？为拟金华道人[1]作此章。

一波才动万波随，蓑笠[2]一钩丝。
金鳞[3]正在深处，千尺也须垂。

吞又吐，信还疑，上钩迟[4]。
水寒江静，满目青山，载月明归。

---

① 金华道人：即唐代词人张志和，字子同，自号烟波钓徒，东阳金华（今浙江）人。
② 蓑笠：此处指披蓑衣、戴斗笠的渔翁。
③ 金鳞：指鳞光闪闪的鱼。
④ 迟：慢。

Telling Innermost Feeling

One after another, waves on waves onward sweep;
A straw-cloaked man fishes with rod and line.
The pretty-scaly fish in water deep
Shall be caught though in ninety fathoms nine.

They hesitate
To take the bait,
Not hooked till late.
The water's chill
On river still;
He gazes his fill
From hill to hill,
His homeward way
Paved with moon ray.

望江东

江水西头隔烟树[①]，望不见、江东路[②]。
思量只有梦来去，更不怕、江阑住[③]。

灯前写了书无数，算[④]没个、人传与。
直饶[⑤]寻得雁分付[⑥]，又还是、秋将暮[⑦]。

① 烟树：烟雾笼罩的树林。
② 江东路：指爱人所在的地方。
③ 阑住：即拦住。
④ 算：估量，此处指思来想去。
⑤ 直饶：古时口语，尽管、即使之意。
⑥ 分付：交付。
⑦ 秋将暮：临近秋末。

Gazing East of the Diver

The west and east are severed by misty trees,
We cannot see the eastern road as we please.
I think I can go there only in dream,
Where I may not fear to be barred by the stream.

I've written countless letters by lamplight,
And tried to find a messenger, but in vain.
E'en if I may confide them to wild geese in flight,
It will be late autumn again.

卜算子

要见不得见，要近不得近。

试问得君多少怜，管不解、多于恨。

禁止不得泪，忍管不得闷。

天上人间有底愁，向个里、都谙尽[①]。

① 谙尽：尝尽。

Song of Divination

When I want to see you, you won't appear;
When I want to approach, you won't come near.
I ask how much love from you I may get,
Afraid it is not much more than regret.

Can I keep back my tears
And refrain from spirits low?
Distress on earth knows no frontiers,
There's no distress I do not know.

秦观

QIN GUAN

作者简介

秦观（1049—1100），字少游，一字太虚，号淮海居士，别号邗沟居士，高邮（今江苏高邮）人。北宋婉约派词人。

元丰八年（1085年）进士。元祐初，因苏轼推荐，任太学博士，迁秘书省正字兼国史院编修官。后被劾以“影附苏轼，增损《实录》”，贬监处州酒税。继迭遭贬谪，编管雷州（今广东雷州）。元符三年（1100年），复命为宣德郎，放还横州（今广西横州），死于藤州（今广西藤县）。

工词，善诗赋、策论、书法，少从苏轼游，“苏门四学士”之一，以诗见赏于王安石。所写诗词高古沉重，寄托身世，感人至深。长于议论，文丽思深。今有《淮海集》《淮海词》《逆旅集》等。存词一百余首。

满庭芳[①]

山抹微云，天连衰草，画角声断谯门[②]。
暂停征棹，聊共饮离尊[③]。
多少蓬莱旧事[④]，空回首、烟霭纷纷。
斜阳外，寒鸦万点，流水绕孤村。

销魂当此际，香囊暗解，罗带轻分[⑤]。
谩赢得、青楼薄幸[⑥]名存。
此去何时见也，襟袖上、空惹啼痕。
伤情处，高城望断，灯火已黄昏。

---

① 满庭芳：词牌名，又名《满庭花》《满庭霜》等。双调九十五字。
② 谯门：城门。古时在城门上建楼用以瞭望，上为楼，下为门。
③ 离尊：指送别之酒宴。
④ 蓬莱旧事：指男女相识、相爱的往事。
⑤ 香囊、罗带：香囊，男女间定情之物。罗带，古人以结带表示相爱。
⑥ 薄幸：薄情。唐杜牧有诗云："十年一觉扬州梦，赢得青楼薄幸名。"

Courtyard Full of Fragrance

A belt of clouds girds mountains high,
And withered grass spreads to the sky.
The painted horn at the watchtower blows.
Before my boat sails up,
Let's drink a farewell cup.
How many things do I recall in bygone days,
All lost in mist and haze!
Beyond the setting sun I see but dots of crows
And that around a lonely village water flows.

I'd call to mind the soul-consuming hour
When I took off your perfume purse unseen,
And loosened your silk girdle in her bower.
All this has merely won me in the Mansion Green
The name of a fickle lover.
Now I'm a rover,

O when can I see you again?

My tears are shed in vain;

In vain they wet my sleeves.

It grieves

My heart to find your bower out of sight,

It's lost at dusk in city light.

江城子·西域杨柳弄春柔

西城杨柳弄春柔[①]，动离忧，泪难收。
犹忆多情，曾为系归舟。
碧野朱桥当日事，人不见，水空流。

韶华[②]不为少年留，恨悠悠，几时休？
飞絮[③]落花时候、一登楼。
便作春江都是泪，流不尽，许多愁。

① “西城”句：西城的杨柳逗留着春天的柔情。弄春，谓在春日弄姿。
② 韶华：美好的时光。常指春光。
③ 飞絮：纷飞的柳絮。

Riverside Town

West of the town the willows sway in the winds of spring.
Thinking of our parting would bring
To my eyes ever-flowing tears.
I still remember to the sympathetic tree
Her hand tied my returning boat for me
By the red bridge in the green field on that day.
But now she no longer appears,
Though water still flows away.

The youthful days once gone will never come again;
My grief is endless. When
Will it come to an end then?
While willow catkins and falling flowers fly,
I mount the tower high.
Even if my tears turn into a stream in May,
Could it carry away
My grief growing each day?

江城子·南来飞燕北归鸿

南来飞燕北归鸿[①]，偶相逢，惨愁容。
绿鬓朱颜[②]重见两衰翁。
别后悠悠君莫问，无限事，不言中。

小槽春酒[③]滴珠红，莫匆匆，满金钟[④]。
饮散落花流水各西东。
后会不知何处是，烟浪[⑤]远，暮云重[⑥]。

① “南来”句：我们就像从南飞来的燕子与向北而归的鸿雁。此句化用南朝陈江总《东飞伯劳歌》中“南飞乌鹊北飞鸿”之意，借喻久别重逢的友人。

② 绿鬓朱颜：黑发红颜，形容青春美好的容颜。

③ 小槽春酒：小槽，古时制酒器中的一个部件，酒由此缓缓流出。春酒，冬酿春熟之酒；亦称春酿秋冬始熟之酒。

④ 金钟：酒杯之美称。钟，酒器。

⑤ 烟浪：雾霭苍茫的水面，同“烟波”。

⑥ 暮云重：喻友人关山远隔。

Riverside Town

Like northbound swan and southward-flying swallow fleet,
By chance we meet;
Sadly we greet.
We see no more dark hair and beaming face of then
But two old men.
Don't ask about the long, long years since we did part!
What wrings the heart,
Keep it apart!

Draw from this vat rice wine we made in spring,
Every drop glistening.
There's no hurry.
Fill our golden cup!
Having drunk up,
Like flowers fallen on the stream we go our way.

We'll meet someday,

But who knows where?

The misty waves stretch far and nigh,

Cloudy the evening sky.

鹊桥仙[①]

纤云弄巧，飞星[②]传恨，银汉迢迢[③]暗渡。

金风玉露[④]一相逢，便胜却人间无数。

柔情似水，佳期如梦，忍顾鹊桥归路。

两情若是久长时，又岂在朝朝暮暮。

---

① 词牌名，又名《鹊桥仙令》《广寒秋》《忆人人》《金风玉露相逢曲》等。鹊桥，神话传说织女过天河时，由一群群喜鹊搭好桥，好让她走过去。

② 飞星：流星。一说指牵牛、织女二星。

③ 迢迢：遥远的样子。

④ 金风玉露：指秋风白露。

Immortals at the Magpie Bridge

Clouds float like works of art,
Stars shoot with grief at heart.
Across the Milky Way the Cowherd meets the Maid.
When Autumn's Golden Wind embraces Dew of Jade,
All the love scenes on earth, however many, fade.

Their tender love flows like a stream;
Their happy date seems but a dream.
How can they bear a separate homeward way?
If love between both sides can last for aye,
Why need they stay together night and day?

减字木兰花

天涯旧恨，独自凄凉人不问。
欲见回肠，断尽金炉小篆香[1]。

黛蛾长敛[2]，任是春风吹不展。
困倚危楼，过尽飞鸿字字愁。

① 篆香：比喻盘香和缭绕的香烟。
② 黛蛾长敛：长眉紧锁。黛蛾，指眉毛。

Shortened Form of Magnolia Flower

Gnawed by parting grief as of old,

O who would care for me, lonely and old?

If you want to know my broken heart,

Just see the incense from golden censer part!

My eyebrows ever knit,

No vernal breeze can smooth them, not a bit.

Weary, I lean on tower high.

What do I see but grievous wild geese passing by!

画堂春[1]

落红铺径水平池[2]，弄晴小雨霏霏[3]。

杏园憔悴杜鹃啼[4]，无奈春归。

柳外画楼独上，凭栏手捻花枝[5]。

放花无语对斜晖，此恨谁知？

---

① 画堂春：词牌名，又名《画堂春令》《万峰攒翠》等。双调四十七字，上片四平韵，下片三平韵。

② 水平池：池塘水满，水面与塘边持平。

③ “弄晴”句：细雨霏霏，时停时下，乍晴乍阴。霏霏，雨雪密。

④ “杏园”句：杏园里春残花谢只有杜鹃鸟的声声哀啼。杏园，园林名，故址位于今陕西西安大雁塔南。杏园是唐代著名园林，是新进士游宴之地。杏园憔悴，化用杜牧《杏园》诗：“莫怪杏园憔悴去，满城多少插花人。”写落第心情。

⑤ 手捻花枝：表示愁苦无聊的动作。

Spring in Painted Hall

Lanes paved with fallen reds, the pool's full to the brim;
In drizzling rain the sunrays swim.
The apricot garden languishes with cuckoos' cries.
What can I do when away spring flies?

I mount alone the willow-shaded tower,
Leaning on rails, my hand plays with a flower.
Silent, I let it go when sunset glows.
Who knows my grief? Who knows?

踏莎行

雾失楼台，月迷津渡。桃源望断无寻处。

可堪[①]孤馆闭春寒，杜鹃声里斜阳暮。

驿寄梅花[②]，鱼传尺素。砌成此恨无重数。

郴江幸自[③]绕郴山，为谁流下潇湘[④]去？

---

① 可堪：怎堪，哪堪，受不住。

② 驿寄梅花：陆凯《赠范晔》诗云：“折梅逢驿使，寄与陇头人。江南无所有，聊赠一枝春。”此处作者将自己比作范晔，表示收到了来自远方友人的问候。

③ 幸自：本自，本来是。

④ 潇湘：潇水和湘水，是湖南境内的两条河流，合流后称湘江，又称潇湘。

Treading on Grass

Bowers are lost in mist;

Ferry dimmed in moonlight.

Peach Blossom Land ideal is beyond the sight.

Shut up in lonely inn, can I bear the cold spring?

I hear at lengthening sunset homebound cuckoos sing.

Mume blossoms sent by friends

And letters brought by post,

Nostalgic thoughts uncounted assail me oft in host.

The lonely river flows around the lonely hill.

Why should it southward flow, leaving me sad and ill?

浣溪沙

漠漠[①]轻寒上小楼，晓阴无赖是穷秋[②]。
淡烟流水画屏幽[③]。

自在飞花轻似梦，无边丝雨细如愁。
宝帘[④]闲挂小银钩。

---

① 漠漠：像清寒一样的冷漠。

② “晓阴”句：清晨的阴凉令人厌烦，仿佛已是深秋。晓阴，早晨天阴着。无赖，作者厌恶之语。

③ “淡烟”句：画屏上轻烟淡淡，流水潺潺。

④ 宝帘：缀着珠宝的帘子，指华丽的帘幕。

Silk-Washing Stream

In light pervading cold I mount the little tower.
What can I do with an autumn-like vernal hour?
I see on painted screen but mist-veiled running stream.

The carefree falling petals fly as light as dream;
The boundless drizzling rain resembles a tearful look.
The broidered curtain hangs idly on silver hook.

阮郎归

湘天[①]风雨破寒初。深沉庭院虚。
丽谯吹罢小单于[②]。迢迢清夜徂[③]。

乡梦断，旅魂孤。峥嵘岁又除。
衡阳[④]犹有雁传书。郴阳[⑤]和雁无。

① 湘天：指湘江流域一带。

② “丽谯”句：在高楼上吹奏着《小单于》乐曲。丽谯，高楼。小单于，乐曲名。

③ 徂：过往，过去。

④ 衡阳：古衡州治所，今属湖南省。相传衡阳有回雁峰，鸿雁南飞望峰而止。

⑤ 郴阳：今湖南郴州市，位于衡阳之南。郴州至衡阳的这一段路，艰难险阻，书信难传，传书之雁也没有。

The Lover's Return

The cold of Southern sky dissolves into wind and rain;
The courtyard's deep in vain.
From the watchtowers wafts the young prince's song,
How the dreary night appears long!

I wake from dreams
Of native streams;
And I feel only
My soul so lonely.
After the vicissitude
I pass the New Year's Eve in solitude.
The wild geese might bring letters to a southern town,
But there're no wild geese farther down.

虞美人

高城望断尘如雾，不见联骖[1]处。

夕阳村外小湾头，只有柳花无数、送归舟。

琼枝玉树频相见，只恨离人远。

欲将幽恨寄青楼，争奈[2]无情江水、不西流。

---

① 联骖：联骑，即连骑、并乘。

② 争奈：怎奈、无奈。

The Beautiful Lady Yu

I see nothing but mistlike dust from tower high.
Where is the place where we bade goodbye?
At sunset out of the village there lies the bay,
Where only willow down saw your boat go away.

Branches of jadelike trees can be seen now and then.
When can I see you back again?
I would send to green mansions my secret woe.
What can I do since the river won't westwards flow?

点绛唇·桃源

醉漾轻舟，信流[①]引到花深处。

尘缘[②]相误。无计花间[③]住。

烟水茫茫，千里斜阳暮。

山无数。乱红如雨[④]。不记来时路。

---

① 信流：随水而流不加控制。

② 尘缘：世俗的念头。

③ 花间：此处指天台山桃源。

④ 乱红如雨：言出唐李贺《将进酒》："况是青春日将暮，桃花乱落如红雨。"乱红，落花。

Rouged Lips

Drunk, at random I float
Along the stream my little boat.
By misfortune, among
The flowers I cannot stay long.

Misty waters outspread,
I find the slanting sun on turning my head,
And countless mountains high.
Red flowers fall in showers,
I don't remember the way I came by.

好事近[①]·梦中作

春路雨添花，花动一山春色。
行到小溪深处，有黄鹂千百。

飞云当面化龙蛇，夭矫[②]转空碧[③]。
醉卧古藤阴下，了不知南北。

---

① 好事近：词牌名，又名《钓鱼笛》《倚秋千》等。
② 夭矫：屈伸自如的样子。
③ 空碧：即碧空。

Song of Good Event

In Dream

The vernal rain hastens roadside flowers to grow;
They undulate and fill mountains with spring.
Deep, deep along the stream I go,
And hear hundreds of orioles sing.

Flying cloud in my face turns to dragon or snake,
And swiftly melts in azure sky.
Lying drunk' neath old vines, I can't make
Out if it's north or south by and by.

米芾

MI FU

作者简介

米芾（1051—1107），原名黻，后改芾，字元章，自署姓米或为芈，号海岳外史、鬻熊后人、火正后人。世居太原，后迁湖北襄阳，定居润州（今江苏镇江）。北宋书法家、画家。曾任校书郎、书画博士、礼部员外郎。

书画自成一家，枯木竹石、山水画独具风格。在书法方面颇有造诣，擅长篆、隶、楷、行、草等书体，长于临摹古人书法，达乱真程度。与蔡襄、苏轼、黄庭坚合称“宋四家”。

西江月·秋兴

溪面荷香粲粲[①]，林端远岫[②]青青。
楚天秋色太多情，云卷烟收风定。

夜静冰娥欲上，梦回醉眼初醒。
玉瓶未耻有新声，一曲请君来听。

① 粲粲：鲜明貌。
② 岫：山，山峰。

The Moon over the West River

Autumn

The lotus on the creek spreads fragrance far and nigh.
Above the green, green woods undulates hill on hill.
The autumn tints are lovely neath the Southern sky,
Clouds break, mist clears off, wind is still.

In silent night the icy moon will rise;
From dreams begin to wake my drunken eyes.
A lute of jade is not ashamed of its songs clear;
A new tune will be played for you to hear.

浣溪沙·野眺

日射平溪玉宇中。云横远渚[①]岫重重。
野花犹向涧边红。

静看沙头[②]鱼入网，闲支藜杖[③]醉吟风。
小春天气恼人浓。

① 渚：水中小块陆地。
② 沙头：即岸边。
③ 藜杖：藜的老茎做的手杖。其质轻而坚实。

Silk-Washing Stream

Gazing on the Fields

The sunrays dart on plains and streams from jade-blue sky;
Barred clouds veil hill on hill, isle on isle far and nigh;
Wild flowers by the side of the creek look still red.

I watch fish leap into the net at islet's head;
Drunk, leaning on my cane, I croon verse in the breeze;
Warm spring in early winter makes me ill at ease.

赵令畤

ZHAO LINGZHI

作者简介

赵令畤（1064—1134），初字景贶，苏轼为之改字德麟，自号聊复翁。宗室子弟，太祖次子燕懿王德昭玄孙。

元祐中签书颍州公事，时苏轼为知州，荐其才于朝。后苏轼被贬，坐元祐党籍，被废十年。绍兴初，袭封安定郡王，迁宁远军承宣使。四年（1134年）逝世，赠开府仪同三司。

词风清婉，与二晏近似。今有《聊复集》。存词三十七首。

蝶恋花

卷絮风头寒欲尽①，坠粉飘香②，日日红成阵③。

新酒又添残酒困，今春不减前春恨。

蝶去莺飞无处问，隔水高楼，望断双鱼④信。

恼乱横波⑤秋一寸⑥。斜阳只与黄昏近。

---

① “卷絮”句：落花飞絮，天气渐暖，已是暮春。卷絮风，卷起柳絮的风，指春风。

② 坠粉飘香：春花坠落，传来阵阵香气。

③ 红成阵：红花一阵阵飘落。

④ 双鱼：书简。有诗云：“客从远方来，遗我双鲤鱼。呼儿烹鲤鱼，中有尺素书。”

⑤ 横波：流动的眼神。

⑥ 秋一寸：喻眼波。

Butterflies in Love with Flowers

The wind blows willow down and cold weather away,
Fragrant pollen wafts far and near,
Red showers fall from day to day.
New wine adds to the drowse left over yesterday.
How can this spring decrease the regret of last year?
Whom to ask when gone are oriole and butterfly?
I gaze from the waterside tower high,
But no fish would bring letters here.
How annoying the autumn waves inch by inch appear!
The slanting sun only foretells night is near.

贺铸

HE ZHU

作者简介

贺铸（1052—1125），字方回，北宋著名词人。出生于卫州（今河南卫辉）。宋太祖贺皇后族孙，贺知章后裔。因贺知章居庆湖，故自号庆湖遗老。

十七岁到汴京，任右班殿直，转任地方武官，后经苏轼等人推荐，任泗州、太平州通判等职。晚年定居苏州，1125年卒于常州。

其词风格兼有豪放、婉约二派之长，并融会贯通，自成一家。在文学史上，其词有很大的影响力，尤其以悼亡词最为出名。

鹧鸪天[①]

重过阊门[②]万事非，同来何事[③]不同归？
梧桐半死[④]清霜后[⑤]，头白鸳鸯失伴飞。

原上草，露初晞[⑥]。旧栖新垅两依依[⑦]。
空床卧听南窗雨，谁复挑灯夜补衣？

---

① 鹧鸪天：词牌名。因此词有“梧桐半死清霜后”句，故贺铸又名之为“半死桐”。

② 阊（chāng）门：苏州城西门，此处代指苏州。

③ 何事：为什么。

④ 梧桐半死：枚乘《七发》中说，龙门有桐，其根半生半死（一说此桐为连理枝，其中一枝已亡，一枝犹在），斫以制琴，声音为天下之至悲，这里用来比拟丧偶之痛。

⑤ 清霜后：秋天，此指年老。

⑥ 原上草，露初晞：原野上绿草嫩叶上的露珠刚刚被晒干。形容人生短促，如草上露水易干。语出《薤露》：“露晞明朝更复落，人死一去何时归。”晞，干。

⑦ “旧栖”句：我在旧日同住的居室和垄上新坟之间流连徘徊。旧栖，旧居，指生者所居处。新垅，新坟，指死者葬所。

Partridges in the Sky

All things have changed; once more I pass the city gate.
We came together; I go back without my mate.
Bitten by hoary frost, half of the plane tree dies.
Lifelong companion lost, one lonely lovebird flies.

Grass wet with dew
Dries on the plain;
How can I leave our old abode and her grave new!
In a half-empty bed I hear the pelting rain.
Who will turn up the wick and mend my coat again?

捣练子

砧面莹，杵声齐[①]，捣就征衣泪墨题[②]。

寄到玉关应万里，戍人[③]犹在玉关西。

① “砧（zhēn）面”二句：捣衣石的表面因年长日久的使用，早已光洁平滑，杵声协调、齐整。砧，捶衣服的垫石。莹，光洁、透明。杵，捶衣服的木棒。

② 泪墨题：泪和着墨汁写信。

③ 戍人：守卫边疆之军人。

Song of Pounding Clothes

Regularly the beetle sounds
As on the anvil stone it pounds.
After washing her warrior's dress,
With ink and tears she writes down his address.
The package goes a thousand miles to the Jade Pass,
But the warrior is stationed farther west, alas!

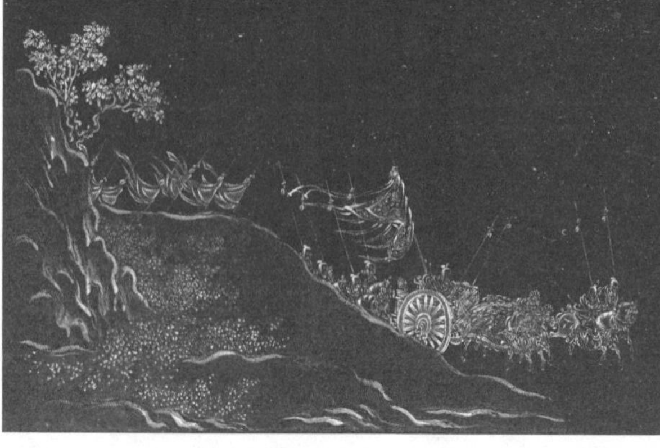

唤春愁

天与多情不自由，占风流。
云闲草远絮悠悠，唤春愁。

试作小妆窥晚镜，淡蛾[1]羞。
夕阳独倚水边楼，认归舟。

① 淡蛾：淡眉。

Spring Grief Awakened

How can a sentimental heart from care be free,
So fall of coquetry?
Clouds waft at ease with willow down o'er far-flung grass
To wake spring grief, alas!

At dusk before my mirror to make up I try;
My light eyebrows feel shy.
I wait alone by leaning on riverside rail
For your returning sail.

掩萧斋

落日逢迎朱雀街，共乘青舫度秦淮。

笑拈[1]飞絮罥[2]金钗。

洞户华灯归别馆，碧梧红药掩萧斋。

顾随明月入君怀。

① 拈：一作“捻”。

② 罥：挂，缠绕。

My Shaded Dower

At sunset on the Street of Red Birds did we meet;
We crossed the River Qinhuai on pleasure boat fleet;
You took off willow-down from hairpin with smile sweet.

Leaving your green-lit room, I come back to my bower,
Shaded by green plane leaves and red peony flower.
O could I but embrace you with moonlight in shower!

锦缠头[①]

旧说山阴禊事休。漫书茧纸叙清游。

吴门千载更风流。

绕郭烟花连茂苑，满船丝竹载凉州。

一标争胜锦缠头。

① 锦缠头：词牌名，又名《锦缠道》《锦缠绊》。双调六十六字，上片六句四仄韵，下片六句三仄韵。

Headdress in Brocade

Wellknown the trip by riverside in mountain's shade,
The poet wrote it down on paper of brocade.
After a thousand years the new outdo the old.

The mist-veiled flowers bloom along the city wall;
The boats are loud with songs and lute strings one and all.
A laural headdress is won by the racers bold.

子夜歌[①]

三更月，中庭恰照梨花雪[②]。
梨花雪，不胜凄断，杜鹃啼血[③]。

王孙何许音尘绝，柔桑陌上吞声别[④]。
吞声别，陇头流水，替人呜咽[⑤]。

① 子夜歌：词牌名，又名《忆秦娥》。原南朝民歌，《乐府诗集》列入清商曲吴声歌曲类。其声哀苦，该词情绪与之相类，兼有“三更月”之句，故承其题。

② “三更”二句：深夜的月光照耀庭中的梨花，花白如同冬日之雪。

③ 杜鹃啼血：相传杜鹃于深林中日夜悲号，口中流血。常用以形容哀痛之极。

④ “王孙”二句：远去的游子为什么没有了音信，当时在嫩桑夹道的小路上，我忍住哭声和你道别。王孙，语出《楚辞·招隐士》云：“王孙游兮不归。”何许，何处。柔桑，嫩桑。

⑤ 陇头流水，替人呜咽：陇头的流水仿佛知道我的心意，发出潺潺的声响像是在为我哭泣。陇头，即陇山，位于今陕、甘交界处。《辛氏三秦记》载，时有俗歌曰：“陇头流水，其声呜咽。遥望秦川，肝肠断绝。”关中人上陇者，还望故乡，悲思而歌，则有绝死者。此处借之抒发离别之痛。

Midnight Song

The moon at midnight
Shines in mid-court on pear blossoms white.
Pear blossoms white
Can't stand the flood
Of cuckoos' tears and blood.

My lord, why should no message come from you?
The mulberries-shaded lanes have swallowed our adieu.
Swallowed our adieu,
The water seems
To sob in streams.

忆秦娥

晓朦胧，前溪百鸟啼匆匆。
啼匆匆。凌波[1]人去，拜月楼空。

去年今日东门东，鲜妆辉映桃花红[2]。
桃花红。吹开吹落，一任东风。

① 凌波：形容女子走路轻盈，后代指美人。
② “鲜妆”句：化用唐朝诗人崔护诗句：“去年今日此门中，人面桃花相映红。”

Dream of a Fair Maiden

Dim morning sky,

Away along the stream hundreds of birds cry.

Away birds cry.

Gone is the one on waves alone,

Empty the bower to watch the moon.

East of the Eastern Gate this day last year,

How bright did dresses and red peach blossoms appear!

Peach blossoms red,

In bloom are shed,

By east wind overhead.

青玉案[①]

凌波[②]不过横塘[③]路，但目送、芳尘去。

锦瑟华年谁与度？

月桥花院，琐窗朱户[④]，只有春知处。

飞云冉冉蘅皋暮[⑤]，彩笔新题断肠句。

试问闲情都几许[⑥]？

一川烟草，满城风絮，梅子黄时雨[⑦]。

---

① 青玉案：词牌名，又名《横塘路》。因汉张衡《四愁诗》：“美人赠我锦绣段，何以报之青玉案”而名。双调六十七字，上下片各五仄韵。

② 凌波：形容女子步态轻盈。

③ 横塘：位于苏州城外，是作者隐居之所。

④ 琐窗朱户：朱红色的大门映着美丽的琐窗。琐窗，雕绘连锁花纹的窗子。

⑤ “飞云”句：天上的云朵在空中拂过，长满杜蘅的小洲在暮色中若隐若现。冉冉，指云彩缓缓流动。蘅皋，长着香草的沼泽中的高地。

⑥ 都几许：总计为多少。

⑦ 梅子黄时雨：江浙一带初夏梅熟时多连绵之雨，俗称“梅雨”。

Green Jade Cup

Never again will she tread on the lakeside lane.
I follow with my eyes
The fragrant dusts that rise.
With whom is she now spending her delightful hours,
Playing on zither string,
On a crescent-shaped bridge, in a yard full of flowers,
Or in a vermeil bower only known to spring?

At dusk the floating cloud leaves the grass-fragrant plain;
With blooming brush I write heart-broken verse again.
If you ask me how deep and wide I am lovesick,
Just see a misty plain where grass grows thick,
A townful of willow down wafting on the breeze,
Or drizzling rain yellowing all mume-trees!

菩萨蛮

彩舟[①]载得离愁动，无端更借樵风[②]送。
波渺[③]夕阳迟，销魂不自持。

良宵谁与共？赖[④]有窗间梦。
可奈梦回时，一番新别离。

① 彩舟：指行人乘坐之舟。
② 樵风：顺风。
③ 波渺：烟波茫茫。
④ 赖：感情依托。

Buddhist Dancers

The painted boat carries my parting grief away.

Why should a fair wind follow me all the day?

On boundless waves late sets the sun.

When will my homesickness be done?

Who'll share with me this lonely night?

In dreams I have but you in sight.

But when from my dream I awake,

Parting again makes my heart break.

清平乐

厌厌别酒[①]，更执纤纤手。

指似归期庭下柳，一叶西风[②]前后。

无端[③]不系孤舟，载将多少离愁。

又是十分明月[④]，照人两处登楼。

① 别酒：送别的酒宴。

② 一叶西风：指秋风初起。

③ 无端：此指无奈。

④ 十分明月：指满月。

Pure Serene Music

Languid, I drank a cup of adieu,
And held you fair hand anew.
I said, pointing in the courtyard to willow-trees,
I'd come back with the first leaf blown off by west breeze.

Why should I not tether my lonely boat?
How much parting grief could I keep afloat?
The moon shines now again so bright:
We're in two towers steeped in the same moonlight.

采桑子[①]

东亭南馆逢迎地，几醉红裙。
凄怨临分，四叠阳关忍泪闻。

谁怜今夜篷窗雨？何处渔村。
酒冷灯昏，不许愁人不断魂。

① 此词属贺铸《采桑子·五之五》。

Gathering Mulberries

Inns and pavilions are places to meet and part.
How often drunk with a sweetheart?
So sad our parting appears!
Hearing songs of adieu, can I hold back my tears?

Who pities me in lonely boat on dreary night?
Where is the fishing site?
When wine is cold and lamplight dim,
How can my heart not break, grief-laden to the brim?

周邦彦

ZHOU BANGYAN

作者简介

周邦彦（1056—1121），字美成，号清真居士，钱塘（今浙江杭州）人。北宋文学家、音乐家、官员。

自少个性疏散，但好读书。宋神宗时成为太学生，因写《汴都赋》赞扬新法得到宋神宗赏识，被提拔为太学正。后历任庐州教授、溧水县令等，回开封后为国子监主簿、校书郎。宋徽宗时提举大晟府（最高音乐机关）谱制词曲。不久后外放。逝世于河南商丘。

精通音律，能创作新词调。其作品多写闺情、羁旅，也有咏物。工于铺叙，格律严谨，语言精雅，风格雄浑典雅。上承温庭筠、柳永，下启史达祖一派，婉约词人尊其为“正宗”。旧时词论称他为“词家之冠”或“词中老杜”，影响颇深远。今有《片玉集》。存词二百零六首。

兰陵王[1]

柳阴直，烟里丝丝弄碧。
隋堤[2]上、曾见几番，拂水飘绵送行色[3]。
登临望故国，谁识、京华倦客[4]。
长亭路，年去岁来，应折柔条过千尺[5]。

闲寻旧踪迹，又酒趁哀弦[6]。
灯照离席，梨花榆火催寒食[7]。

---

① 兰陵王：词牌名，首见于周邦彦词。一百三十字，分三段。
② 隋堤：汴京附近汴河之堤，是北宋时来往京城的必经之路，隋炀帝时所建，故称。
③ 行色：行人出发前的景象、情状。
④ 京华倦客：词人自谓。因久客京师，有厌倦之感，故云。京华，指京城。
⑤ “应折”句：古人有折柳送别的习惯。柔条，柳枝。过千尺，指折柳之多。
⑥ 酒趁哀弦：饮酒时奏着离别的乐曲。趁，逐，追随。哀弦，哀怨的乐声。
⑦ “梨花”句：饯别时正值梨花盛开的寒食时节。唐宋时期，朝廷在清明节取榆柳之火以赐百官，故有“榆火”之说。寒食，即寒食节，清明节前一天，中国传统节日，禁烟火，只吃冷食。

愁一箭风快[8]，半篙波暖[9]。

回头迢递便数驿，望人在天北[10]。

凄恻，恨[11]堆积。

渐别浦萦回[12]，津堠[13]岑寂，斜阳冉冉春无极[14]。

念月榭携手，露桥闻笛。

沉思前事，似梦里，泪暗滴。

---

⑧ 一箭风快：指正当顺风，船驶如箭。

⑨ 半篙波暖：半篙，指撑船的竹篙没入水中。波暖，时令已近暮春，故曰波暖。

⑩ “望人”句：因被送者离开汴京南去，回望送行人，故曰天北。望人，送行人。

⑪ 恨：此处是遗憾的意思。

⑫ “渐别”句：送别的河岸迂回曲折。别浦，送行的水边。萦回，水波回旋。

⑬ 津堠：渡口附近供瞭望歇宿的守望所。津，渡口。堠，哨所。

⑭ “斜阳”句：斜阳挂在半空，春色一天比一天浓了。冉冉，慢慢移动的样子。春无极，春色一望无边。

Sovereign of Wine

A row of willows shades the riverside.
Their long, long swaying twigs have dyed
The mist in green.
How many times has the ancient Dyke seen,
The lovers part while wafting willowdown.
And drooping twigs caress the stream along the town!
I come and climb up high,
To gaze on my homeland with longing eye.
Oh, who could understand
Why should a weary traveller here stand?
Along the shady way,
From year to year, from day to day,
How many branches have been broken
To keep memories awoken?
Where are the traces of my bygone days?
Again I drink to doleful lays
In parting feast by lantern light,

When pear blossoms announce the season clear and bright.
Oh, slow down, wind speeding my boat like arrow-head;
Pole of bamboo half immersed in warm stream!

Oh, post on post
Is left behind when I turn my head.
My love is lost,
Still gazing as if lost in a dream.
How sad and drear!
The farther I'm away
The heavier on my mind my grief will weigh.
Gradually winds the river clear;
Deserted is pier on pier.
The setting sun sheds here and there its parting ray.
I will remember long
The moonlit bower visited hand in hand with you,
And the flute's plaintive song
Heard on the bridge bespangled with dew.
Lost in the past now like a dream,
My tears fall silently in stream.

菩萨蛮·梅雪

银河[①]宛转三千曲，浴凫[②]飞鹭澄波绿。
何处是归舟？夕阳江上楼。

天憎梅浪发[③]，故下封枝雪。
深院卷帘看，应怜江上寒。

① 银河：天河。此处借指人间的河。
② 凫：野鸭、鹜。
③ “天憎”句：上天都憎恨梅花开得太盛。浪发，滥开。

Buddhist Dancers

The Milky-Way-like river winds from bend to bend,
Cranes fly over pure green waves with which wild ducks
blend.
Where is the returning boat of my dear one?
From riverside tower I see but the setting sun.

Jealous of trees with mume blossoms aglow,
Heaven covers their branches with snow.
If he uprolls the curtain in his bower,
He'd pity the cold riverside flower.

玉楼春

桃溪[①]不作从容住，秋藕绝来无续处[②]。
当时相候赤阑桥，今日独寻黄叶路。

烟中列岫[③]青无数，雁背夕阳红欲暮。
人如风后入江云，情似雨余粘地絮[④]。

---

① 桃溪：虽说宜兴有此地名，但此处不做地名用。

② “秋藕”句：秋天的莲藕一断就没有连接之处。“秋藕”与上一句“桃溪”约略相对。俗语谓“藕断丝连”，此处指藕断而丝不连。

③ 列岫：排列整齐的山。

④ “情似”句：离别的情绪好比雨后地面粘连的花絮。晏几道《玉楼春》词：“便教春思乱如云，莫管世情轻似絮。”本词上句意略异，取譬同，下句所比亦同，而意却相反，疑周词从晏句变化。

Spring in Jade Pavilion

We did not live long with ease on Peach Blossom Stream;
The severed lotus root can't be united again.
I waited for you on the bridge with red railings then;
Today I seek alone, mid yellow leaves our dream.

The countless mist-veiled peaks have dyed the sky in blue;
Twilight is reddened by sunset borne by wild geese.
You're like the cloud sunk in the river by the breeze;
My heart like willow down wet with rain clings to you.

长相思·舟中作

好风浮，晚雨收，

林叶阴阴映鹢舟[①]，斜阳明倚楼。

黯凝眸，忆旧游，

艇子扁舟来莫愁，石城风浪秋。

① 鹢（yì）舟：船头画有鹢鸟图像的船，亦泛指船。

Everlasting Longing

Written in a Boat

In a fair breeze I float,

When stops the evening rain,

By leafy forests shade set off my birdlike boat,

At sunset the fair leaning on rails waits in vain.

I fix my gloomy gaze

And recall my trips alone.

A leaflike boat on Griefless Lake in autumn haze,

Braved wind and waves, heading for the Town of Stone.

鹤冲天·溧水长寿乡作

梅雨霁[1]，暑风和，高柳乱蝉多。
小园台榭远池波，鱼戏动新荷。

薄纱厨，轻羽扇，枕冷簟[2]凉深院。
此时情绪此时天，无事小神仙。

---

① 霁：指梅雨停止。
② 簟：竹席，凉席。

Crane Soaring into the Sky

Written in the Long Life Village

Long rain clears off when blows soft summer breeze,
Cicadas trill pellmell atop tall willow trees.
From my bower the garden pools far away;
New lotus leaves stir when fish play.

Bed curtain thin
Lets feather fan blow in
Fresh air to chill
The mat and pillow from deep courtyard still.
My feeling as the weather nice
Brings me to earthly paradise.

关河令①

秋阴时晴②渐向暝，变一庭凄冷。
伫听寒声③，云深无雁影。

更深人去寂静，但照壁④孤灯相映。
酒已都醒，如何消夜永⑤？

---

① 关河令：《片玉词》中对“关河令”做注释：“《清真集》不载，时刻‘清商怨’。”清商怨源于古乐府，曲调哀婉。欧阳修曾以此曲填写思乡之作，首句是“关河愁思望处满”。周邦彦遂取“关河”二字，命名为“关河令”，隐寓着羁旅思家之意。自此，调名、乐曲跟曲词切合一致了。

② 时晴：偶尔放晴。时，偶尔。晴，一作“作”。

③ 伫听寒声：伫立在庭中静听秋声。伫听，久久地站着倾听。伫，久立而等待。寒声，即秋声，此处指雁的鸣叫声。

④ 照壁：古时筑于寺庙、广宅前的墙屏，与正门相对，作遮蔽、装饰用，多饰有图案、文字。

⑤ 消夜永：度过漫漫长夜。夜永，长夜。

Song of Mountain Pass and Diver

Autumn's now cloudy and now fine,
Gradually on the decline.
It turns dreary and chill
In a courtyard still.
I stand to listen to cold breeze;
In thick clouds I see no wild geese.

No one is left deep in the silent night,
But lonely candle sheds on lonely walls its light.
Awake from wine and autumn song,
How can I pass this endless night so long?

陈瓘

CHEN GUAN

作者简介

陈瓘（1057—1124），字莹中，号了斋，南剑州沙县（今福建三明）人。北宋谏官。

宋元丰二年（1079年）探花，授官湖州掌书记。历任礼部贡院检点官，越州、温州通判，左司谏等职。

为人谦和，不争财物，矜庄自持，不苟言笑，刚正不阿，通《易经》，书法造诣颇深，传世真迹有《仲冬严寒帖》。

卜算子

身如一叶舟，万事潮头起。

水长船高一任伊，来往洪涛里。

潮落又潮生，今古长如此。

后夜开尊[①]独酌时，月满人千里。

① 尊：通“樽”，古代盛酒的器具。

Song of Divination

My body is a leaflike boat,
And like the tide all events flow.
I let my boat on the rising tide float;
So on the waves I come and go.

The tide may fall and rise again;
As of old will things stop and start.
Next time when I drink alone, the moon will not wane,
But we're a thousand miles apart.

谢逸

XIE YI

作者简介

谢逸（1068—1113），字无逸，号溪堂，临川城南（今江西抚州）人。北宋文学家。

终身未第。以诗词名世，词风清逸。曾写过三百余首咏蝶诗，人称“谢蝴蝶”。与其弟谢薖并称“临川二谢”，与饶节、汪革、谢薖并称为“江西诗派临川四才子”。今有《溪堂词》。存词六十余首。

江城子

杏花村馆酒旗风[①]，水溶溶[②]，飏残红[③]。
野渡舟横，杨柳绿阴浓。
望断[④]江南山色远，人不见，草连空。

夕阳楼外晚烟笼[⑤]，粉香融，淡眉峰。
记得年时[⑥]，相见画屏中[⑦]。
只有关山[⑧]今夜月，千里外，素光[⑨]同。

---

① “杏花”句：杏花村馆酒旗招展迎风。杏花村馆，即杏花村驿馆，据说位于湖北麻城岐亭镇。

② 溶溶：指河水荡漾、缓缓流动的样子。

③ 飏残红：落花飘散。飏，飞扬，此处指飘散的样子。残红，凋残的花。

④ 望断：指一直望到看不见。

⑤ 晚烟笼：指黄昏时烟气笼罩的景象。

⑥ 年时：此指“当年那时”。

⑦ 画屏中：指“如画一般的景象中”，而非指楼上摆放的有画图题诗的屏风或屏障。

⑧ 关山：指黄州关山。

⑨ 素光：指皎洁、清素的月光。

Riverside Town

The streamer flies among apricots in the breeze;
Brimming water wide spread,
Fallen petals dye the shore red.
A boat athwart the ferry, the willow trees
Cast shadows deep green.
I gaze southward on far-flung mountains high,
My love cannot be seen,
But grass spreads to the sky.

At sunset the mist veiled her bower,
Her rosy face sweet like a flower,
With eyebrows penciled like a hill.
I remember still
That year before the painted screen we met with smiles.
But now over the mountain pass tonight,
Severed for miles and miles,
We share only the same moonlight.

毛滂

MAO PANG

作者简介

毛滂（1056—1124），字泽民，衢州江山（今浙江江山）人。出身“天下文宗儒师”世家，父维瞻、伯维藩、叔维甫皆为进士。北宋词人。

宋哲宗元祐年间为杭州法曹，后历任饶州司法参军、武康县令等官职，生平仕途不尽意。

自幼酷爱诗文辞赋，其诗、词、文均知名于世。其词自然真挚，清圆明润，秀雅飘逸。今有《东堂词》。存词二百余首。

浣溪沙

初春泛舟，时北山积雪盈尺，而水南梅林盛开。

水北烟寒雪似梅，水南梅闹[①]雪千堆。
月明南北两瑶台[②]。

云近恰如天上坐，魂清[③]疑向斗[④]边来。
梅花多处载春回。

---

① 闹：形容梅花开得很盛。
② 瑶台：美玉砌成的高台。
③ 魂清：空灵缥缈，此指梅花的清香。
④ 斗：酒器。

Silk-Washing Stream

Boating in Early Spring with Snow and Mume Blossoms North and South of the Stream

Snow on cold mist-veiled northern shore looks like
mume white;
Mume blooms on southern shore like piles of snow run riot:
Two terraces of jade north and south in moonlight.

Clouds are near as if I were sitting in the sky;
Mume blossoms seem to breathe in wine their spirit quiet.
How many shores see them bring spring back from on high?

浣溪沙·泛舟还余英馆

烟柳风蒲冉冉斜，小窗不用著帘遮。

载将山影转湾沙。

略彴断时分岸色，蜻蜓立处过汀花[①]。

此情此水共天涯。

---

① 汀花：水边陆地长的花。汀，水边平地。

Silk-Washing Stream

Boating on My Way Back

The reeds and willow trees slant slightly in the breeze,
I need no window screen lest I can't gaze my fill.
I'll carry round the sands the shadow of the hill.

The little bridge divides the views of riversides.
On flowers in the isle alights a dragonfly.
Can I forget this stream where'er I go' neath the sky?

惜分飞[1]

泪湿阑干[2]花着露，愁到眉峰碧聚[3]。
此恨平分取，更无言语空相觑[4]。

断雨残云[5]无意绪，寂寞朝朝暮暮。
今夜山深处[6]，断魂分付潮回去[7]。

---

① 惜分飞：词牌名，又名《惜芳菲》《惜双双》等。毛滂创调，词咏唱别情。全词共五十字，双调，上、下片各四句，句句用仄韵。

② 阑干：眼泪纵横的样子。

③ 眉峰碧聚：古人以青黛画眉，双眉紧锁，犹如碧聚。

④ 觑：细看。

⑤ 断雨残云：雨消云散。此处喻指失去男女欢情。

⑥ 山深处：指富阳僧舍所在地。富阳，宋代县名，位于今浙江省富阳县。作者任杭州法曹参军时，与杭州供奉官府的一名歌妓琼芳很要好。

⑦ “断魂”句：深情的灵魂会跟随潮汐回到你那里。断魂，指极度的哀思。分付，赋予、付给。潮，指钱塘江潮汐。

Separation Regretted

Her face criss-crossed with tears, a flower bathed in dew;
Her saddened eyebrows knit like distant peaks in view.
How can I not share her grief acute?
What can we do but gaze at each other mute?

My broken cloud won't bring showers for thirsting flowers,
Lonely in morning and in evening hours.
Tonight in mountains deep I'd ask the rising tide
To bring my yearning heart to her at the seaside.

苏庠

SU XIANG

作者简介

苏庠（1065—1147），字养直，初因病目，自号眚翁。本泉州人，后随父苏坚徙居丹阳（今江苏丹阳）后湖，又自号后湖病民。南宋初词人。

有诗名，内容多是怡情自然风物，格调轻快空灵。曾依苏固与徐俯、洪刍、洪炎、潘淳、吕本中、汪藻、向子諲等结诗社，在澧阳(今湖南常德)筑别墅以供游憩。宋高宗绍兴年间，与徐俯同被征召，独不赴，隐逸而终。

传世较多的是词，词的成就高于诗。其词多描写闲适生活，这与他隐居不仕的经历和志趣相符。

如梦令·雪中作

叠嶂晓埋烟雨，忽作飞花无数。

整整复斜斜，来伴南枝[1]清苦。

日暮。日暮。何许云林烟树。

① 南枝：朝南的树枝。此处指梅花。

Dreamlike Song

Written in Sonw

Peak on peak buried in mist and rain at daybreak
Suddenly turn to blossoms flying flake on flake,
And then shower by shower,
To accompany the lonely southern mume flower.
At nightfall,
At nightfall,
All cloud-veiled woods look like a pall.

谒金门[①]·怀故居作

何处所。门外冷云堆浦。
竹里江梅寒未吐，茅屋疏疏雨。

谁遣愁来如许。小立野塘官渡。
手种凌霄今在否，柳浪迷烟渚[②]。

---

① 谒金门：原为唐教坊曲，后作词牌名，又名《醉花春》《花自落》《垂杨碧》《出塞》《东风吹酒面》等。

② 烟渚：雾气笼罩的洲渚。渚，水中的小块陆地。

At the Golden Gate

My Old Abode

Where is the place?

Outdoors cold clouds pile up over the pool in face.

Will riverside cold mume's mid bamboos bloom or not?

A light rain drizzles o'er the cot.

Who has sent so much sorrow to this land?

By the wild pool at the ferry I stand.

Are cloudlike flowers I planted still there?

Tell me please.

On mist-veiled isles undulate willow trees.

菩萨蛮·周彦达舟中作

眼中叠叠烟中树，晚云点点翻荷雨。

鸥泛渚边烟，绿蒲秋满川。

未成江海去，聊作林塘主。

客恨阔无津，风斜白氎巾[1]。

① 氎（dié）巾：细布毛巾。氎，古代对细棉布的一种称呼。

Buddhist Dancers

Written in the Boat of a Friend

Before my eyes mist-veiled trees on mist-veiled trees stand;
Evening clouds shed rain drop by drop on lotus blooms.
Gulls float along smoke-darkened sand;
In overbrimming green rushes autumn looms.

I've gone overseas
But stay by pools and woods.
My homeless grief won't cease;
The wind slants our white hoods.

菩萨蛮

年时[①]忆著花前醉，而今花落人憔悴。
麦浪卷晴川，杜鹃声可怜[②]。

有书无雁寄，初夏槐风细[③]。
家在落霞边，愁逢江月圆。

① 年时：当年，当时

② 可怜：可爱，可感。

③ “初夏”句：初夏的暖风习习吹拂着槐树枝叶。

Buddhist Dancers

I remember I was drunk before flowers last year,
But now with flowers fallen, languid I appear.
Wheat undulates like waves'neath the fine sky;
I'm saddened by cuckoos' home-going cry.

Where can I find message-bearing wild geese?
On locust trees blows early summer breeze.
My home's beyond rainbow cloud's dream;
I'm grieved to see the full moon on the stream.

惠洪

HUI HONG

作者简介

惠洪（1071—1128），又名德洪，字觉范，自号寂音尊者，筠州新昌（今江西宜丰）人。北宋著名诗人、散文家、佛学家。

自幼家贫，十四岁父母双亡，入寺为沙弥，十九岁于东京天王寺剃度为僧。四年后，跟随黄龙派下高僧真净学禅，二十九岁时游历东吴。一生曾两次入狱，被发配海南岛，政和三年（1113年）获释，建炎二年（1128年）去世。

精通佛学，长于诗文，力主自然而有文采，为诸家称道。又善作小词，情思婉约，似秦少游。著述颇丰，尤以《冷斋夜话》最著名。

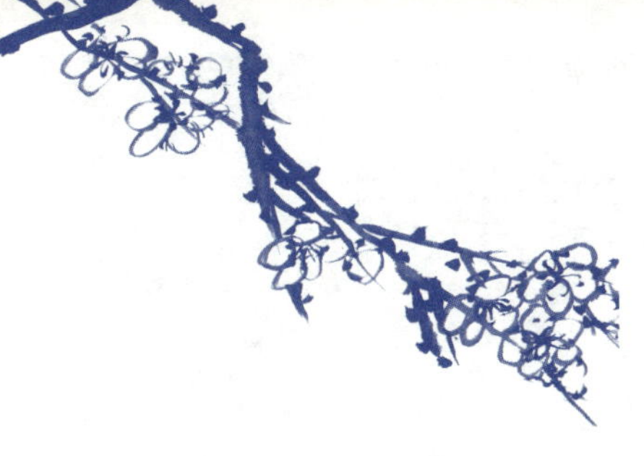

浣溪沙·妙高墨梅

日暮江空船自流，谁家院落近沧洲。

一枝闲暇出墙头[①]。

数朵幽香和月暗，十分归意为春留。

风撩[②]片片是闲愁。

① “一枝”句：化用叶绍翁《游园不值》诗句：“春色满园关不住，一枝红杏出墙来。”闲暇，指代梅花。

② 撩：有招惹之意。

Silk-Washing Stream

Inky Mume Blossoms

At dusk a boat is floating on the river wide,
Whose hermitage stands lonely by the riverside?
A branch of mume at leisure stretches o'er the wall.

The mume veiled in moonlight sends fragrance on the wing;
It longs for home, but only stays for coming spring.
The wind-stirred petals show their sorrow one and all.

谢克家

XIE KEJIA

作者简介

谢克家（1063—1134），字任伯，上蔡（今河南驻马店）人。南宋诗人、书法家。

绍圣四年（1097年）中进士，累官至吏部尚书、谏议大夫。今存词《忆君王》一首。

忆君王[1]

依依[2]宫柳拂宫墙，楼殿无人[3]春昼长。

燕子归来依旧忙。

忆君王，月破黄昏人断肠[4]。

① 忆君王：词牌名，又名《忆王孙》。单调三十一字，五句五平韵。此为作者根据词中内容另标的新名。

② 依依：形容树枝柔弱，随风摇摆。

③ 楼殿无人：暗示国破人亡。

④ 断肠：形容极度悲伤。

Remembering the Sovereigh of Yore

The weeping willow trees caress the palace wall;
The vernal day seems long when there's none in the hall.
The swallows coming back are busy as before.
Remembering the sovereign of yore,
The waning moon would break our heart at the nightfall.

王安中

WANG ANZHONG

作者简介

王安中（1075—1134），字履道，号初寮。中山曲阳（今河北曲阳）人，北宋词人。

宋哲宗元符三年（1100年）进士。宋徽宗时历官翰林学士、尚书右丞，又任建雄军节度使、大名府尹兼北京留守司公事。靖康初，被贬至象州。宋高宗继位，复任左中大夫，不久去世。

年轻时曾师从苏轼、晁说之。其品行不轨，其文却可观。擅长诗和四六文，颇受时人推崇，但诗文大都失传。今存作品以词为主，有些词虽是谀颂朝廷之作或香艳轻佻之篇，但也时见佳作。

卜算子·往道山道中作

客舍两三花，并脸开清晓。

一朵涓涓韵已高，一朵纤纤[①]袅。

谁与插斜红？拥髻争春好。

此意遥知梦已传，月落前村悄。

① 纤纤：细长柔软状。

Song of Divination

On the Way to Mount Dao

Before the inn two or three flowers
Blow face to face in morning hours.
One wet with dew and full of grace looks tender;
Another rises like smoke slender.

Who will pin the reds in your hair
To vie with spring to be more fair?
I know from far away they're sent to you in dreams.
The village's silent with setting moonbeams.

叶梦得

YE MENGDE

作者简介

叶梦得（1077—1148），字少蕴，宋代著名词人。晚年隐居湖州弁山玲珑山石林，故号石林居士。祖籍处州（今浙江丽水），曾祖叶纲始迁吴县（今苏州）。

宋哲宗绍圣四年（1097年）进士，宋徽宗时任翰林学士。南渡初年，任江东安抚大使、知建康府等职，为抗金做过重要贡献。终年七十二岁，死后追赠检校少保。

北宋末年到南宋前半期的词风变异过程中，叶梦得是起到先导和枢纽作用的重要词人，开拓了南宋前半期以“气”入词的词坛新路，即英雄气、狂气、逸气。前期词颇有温庭筠、李商隐婉约之风，后则有东坡遗风，雄浑豪放。所著诗文多以石林为名。今有《石林词》。存词一百零二首。

浣溪沙·重阳后一日极目亭

小雨初回昨夜凉，绕篱新菊已催黄。

碧空无际卷苍茫。

千里断鸿供远目，十年芳草挂愁肠。

缓歌聊与送瑶觞[①]。

---

① 瑶觞：此处指美酒。

Silk-Washing Stream

On the Tower After the Mountain-Climbing Day

After a fine rain it was growing cold last night;
Chrysanthemums hasten to yellow by fenceside.
The west wind sweeps the boundless blue sky far and wide.

Wild geese flying far, far away are lost to sight;
The sweet green grass unseen for ten years grieves my heart.
Slowly I sing and with a cup of wine I part.

点绛唇·绍兴乙卯[1]登绝顶小亭[2]

缥缈危亭[3]，笑谈独在千峰上。
与谁同赏，万里横烟浪。

老去情怀，犹作天涯想[4]。
空惆怅。少年豪放，莫学衰翁样。

① 绍兴乙卯：宋高宗绍兴五年（1135 年）。
② 绝顶小亭：位于吴兴西北弁山峰顶。
③ 缥缈危亭：绝顶亭在高耸入云的山峰，隐隐约约浮现着。缥缈，隐隐约约。危亭，高亭，形容绝顶亭位置之高。
④ 天涯想：指恢复中原万里河山的梦想。

Rouged Lips

On Summit Tower in 1135

Who in the cloud-veiled tower speaks
And laughs alone over a thousand peaks?
Who would enjoy with me
The misty waves rolling for miles and miles I see?

Now old I grow,
Could I regain the lost land far below?
In vain I sigh:
Gallant while young, can I
Live as decrepit man and die?

卜算子

八月五日夜凤凰亭纳凉。

新月挂林梢，暗水鸣枯沼。
时见疏星落画檐[①]，几点流萤小。

归意已无多，故作连环绕[②]。
欲寄新声问采菱，水阔烟波渺。

① 画檐：指有画饰的屋檐。
② 绕：此处指往返。

Song of Divination

Enjoying the Breeze in Phoenix Pavlion on the Night of the 8th Day of the 5th Moon

The crescent moon hangs on tree-tips;
In dried pool hidden water drips.
On painted eaves I see now and then sparse stars fall,
Here and there a few dots of fireflies small.

I'm not much sick for native hill,
But homesickness haunts me still.
I'll write new songs for gatherers of lotus seed,
But find on boundless water mist-veiled reed.

汪藻

WANG ZAO

作者简介

汪藻（1079—1154），字彦章，号浮溪、龙溪，先世籍贯婺源，后移居饶州德兴（今江西德兴）。北宋末、南宋初文学家。

宋徽宗崇宁二年（1103年）进士，任婺州（今浙江金华）观察推官、宣州教授、著作佐郎、宣州通判等职。

曾向徐俯、韩驹学诗，入太学。今存词四首。

点绛唇

新月娟娟[①]，夜寒江静山衔斗[②]。
起来搔首[③]，梅影横窗瘦。

好个霜天[④]，闲却[⑤]传杯手。
君知否？乱鸦啼[⑥]后，归兴浓于酒。

① 娟娟：明媚美好的样子。
② 山衔斗：北斗星在山间闪现。
③ 搔首：挠头，心绪烦乱或思考时的动作。
④ 霜天：指秋天。
⑤ 闲却：闲置。
⑥ 乱鸦啼：明指鸟雀乱叫，暗喻朝中群小小人得志。

Rouged lips

The crescent moon so fair, The night so chill.

The stream so still, I rise and scratch my hair.

The mumes cast slender shadows across windowsill.

The frosty sky so fine, A cup in hand, I can't but pine.

Do not you know

After the wailing of the crow

I am more homesick than thirty for wine?

曹组

CAO ZU

作者简介

曹组，生卒年不详，字彦章，颍昌（今河南许昌）人。北宋词人。

宋徽宗宣和三年（1121年）进士。曾官睿思殿应制，因占对才敏，深得宋徽宗宠信，约于宋徽宗末年去世。

工词，其词以“侧艳”和“滑稽下俚”著称。一些描写羁旅的词，情感真切，境界深远，无论手法、情韵，都与柳永词有继承关系。今存词三十六首。

点绛唇

云透斜阳，半楼红影明窗户。
暮山无数，归雁愁还去。

十里平芜[1]，花远重重树。
空凝伫[2]。故人何处？可惜春将暮。

① 平芜：空旷的原野。
② 凝伫：有所思虑、期待而立着不动。

Rouged lips

Clouds pierced by slanting sunlight,

Red shadows veil half my bower with windows bright.

Hills on hills in twilight,

Grieve the returning wild geese in flight.

For miles and miles stretches the wild plain;

Beyond the far-off flowers woods on woods extend.

I stand and gaze in vain.

Where is my old friend?

How I regret spring will soon end!

万俟咏

MOQI YONG

作者简介

万俟咏，生卒年与籍贯均不详，字雅言，自号词隐、大梁词隐。北宋末南宋初词人。

屡试不第，于是绝意仕进，纵情歌酒。宋徽宗政和初年，召试补官，授大晟府制撰。绍兴五年补任下州文学。

宋哲宗元祐时以诗赋见著，时人称“元祐时诗赋老手”。善音律，能自度新声。词学柳永。今存词二十七首。

昭君怨

春到南楼雪尽，惊动灯期[①]花信[②]。

小雨一番寒，倚阑干。

莫把阑干频倚，一望几重烟水。

何处是京华？暮云遮。

① 灯期：指元宵节期间。

② 花信：指群花开放的消息。

Lament of a Fair Lady

When spring has come to southern bower,
Snow melts away.
It heralds Festival of Flowers
And Lantern Day.
But a fine rain
Brings back the chill again.
I lean upon the rail.

Don't oft lean there! Of what avail?
What will you see beyond the misty rills
But misty hills?
Where is the blooming capital?
Evening clouds have veiled all.

诉衷情·送春

一鞭清晓喜还家，宿醉困流霞[①]。
夜来小雨新霁，双燕舞风斜。

山不尽，水无涯，望中赊[②]。
送春滋味，念远情怀，分付杨花。

① 流霞：指美酒。
② 赊：远，长。

Telling Innermost Feeling

Feeling Farewell to Spring

Whipping my steed, I'm glad to go home at daybreak,
Drunken with rainbow cloud and just awake.
Last night the rain did cease;
A pair of swallows dance in slanting breeze.

From hill to hill,
From rill to rill,
I gaze my fill…
Farewell to the spring day!
Sick for home far away,
To whom but willow down can I say?

长相思·雨

一声声，一更更[①]。
窗外芭蕉窗里灯，此时无限情。

梦难成，恨[②]难平。
不道[③]愁人不喜听，空阶滴到明。

① 一更更：一遍遍报时的更鼓声。
② 恨：遗憾。
③ 道：知。

Everlasting Longing

Rain

Watch after watch

And drop by drop,

The rain falls on banana leaves without stop.

Within the window by the candlelight,

For you I'm longing all night.

I cannot seek for dreams,

Nor banish sorrow.

The rain cares not for what I dislike, it seems;

On marble steps it drips until the morrow.

长相思·山驿[1]

短长亭[2]，古今情。

楼外凉蟾一晕生[3]，雨余[4]秋更清。

暮云平，暮山横[5]。

几叶秋声和雁声，行人不要听。

---

① 山驿：山路上的驿站，指作词之地。

② 短长亭：古代驿道五里设一短亭，十里设一长亭。出处指行旅、行程。

③ “楼外”句：高楼外清冷的月亮被罩上了一圈光晕。凉蟾，秋月。晕，即月晕，月亮四周的光环。

④ 余：剩下，遗留。

⑤ 横：地理上指东西走向，此处指远山迷茫。

Everlasting Longing

A Station in the Mountains

The stations far and nigh
Show griefs new and gone by.
A halo encircles the cold moon over the bower;
Autumn seems clearer after a shower.

At dusk clouds barring the sky
Hang as low as mountains high.
Rustling autumn leaves and wild geese sing sad and drear;
But the roamer won't hear.

陈克

CHEN KE

作者简介

陈克（1081—1137），字子高，自号赤城居士，临海(今浙江台州)人。少时随父宦学四方，后侨居金陵(今江苏南京)。北宋末至南宋初词人。

高宗绍兴年间为敕令所删定官。绍兴七年（1137年），吕祉节制淮西抗金军马，推荐陈克为幕府参谋，陈克欣然响应，留其家于后方，以单骑从军。后吕祉遇害，陈克亦坐贬。

出身书香门第，父伯均进士及第。受家庭熏陶，诗、词、文无不精通。其诗文辞优美，风格近温庭筠和李商隐，在“宋诗中另为一格”。其词甚好，词格高丽，近晏殊、周邦彦、韦庄，佳作颇多。今有《赤城词》。存词五十余首。

豆叶黄[1]

秋千人散小庭空，麝冷灯昏愁杀侬。

独有闲阶两袖风。

月胧胧，一树梨花细雨中。

① 豆叶黄：词牌名，又名《忆王孙》。

Bean Leaves Yellow

In empty courtyard from players the swing is free;
The burned-out incense and dim lamplight sadden me.
On marble steps with flowing sleeves I stand alone
To watch the dimming moon
As in fine rain stands a lonely blooming pear-tree.

向 滈

XIANG HAO

作者简介

向滈，生卒年不详，字丰之，号乐斋，开封（今河南）人。宋代词人。

生活穷困，相传向滈妻子的父亲曾因为向滈贫穷将女儿嫁与别人，但其妻毅然回来，同向滈白头偕老。

自小便会作诗，才气高。工词，以通俗、自然取胜。今有《乐斋词》。

如梦令[1]·野店几杯空酒

野店几杯空酒，醉里两眉长皱。

已自不成眠，那更酒醒时候。

知否？知否？直是为他消瘦。

① 这首小令写的是离别后的绵绵相思。

Dreamlike Song

Can cups of wine at an inn drink me down?

Drunk, can my two long long eyebrows not frown?

I cannot go to sleep.

What can I do when I'm awake from drinking deep?

Do you not know?

Do you not know

It is only for you that thinner I grow?

如梦令・谁伴明窗独坐

谁伴明窗独坐？和我影儿两个。

灯烬[1]欲眠时，影也把人抛躲。

无那[2]。无那。好个恓惶[3]的我！

① 烬：熄灭。

② 无那：无奈，无可奈何。

③ 恓惶：心神不安的样子。

Dreamlike Song

Who'll sit before the bright window with me?

Only my shadow keeps my company.

The lamp put out, I go to bed, my shadow too

Will abandon my lonely.

What can I do?

What can Ido?

There's left a dreary person only.

江亭揽胜图

〔宋〕朱惟德

江山万里图

〔宋〕赵芾

耕获图　　［宋］杨威（传）

柳荫云碓图　　［宋］佚名

盥手观花图　　［宋］佚名

梅石溪凫图

〔宋〕马远

词之巅峰，传诵古今

只此宋词

许渊冲英译唯美宋词（下）

许渊冲 编译

读者出版社

目录

CONTENTS

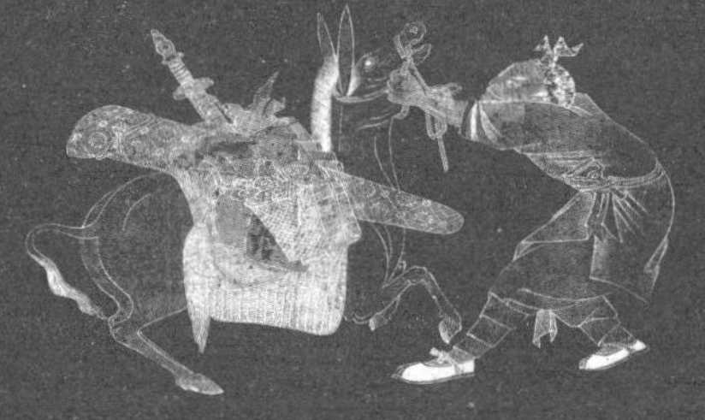

朱敦儒

ZHU DUNRU

作者简介

朱敦儒（1081—1159），字希真，号岩壑，又称伊水老人、洛川先生，洛阳人。宋代著名词人。

早年清高自许，两次举荐为学官而不出任。南渡后在众亲朋的劝说下出仕。宋高宗赐进士，官至秘书省正字。晚年受秦桧笼络。致仕，居嘉禾。绍兴二十九年（1159年）逝世。

最大的贡献是在文学创作上。其词作语言流畅，多写山水、隐逸，也有家国情怀，风格豪放清逸，有“词俊”之名。他进一步发挥了词体抒情言志的功能，以词表现社会现实，给后来的辛派词人以更直接的启迪和影响。今有词集《樵歌》。存词二百余首。

鹧鸪天·西都作

我是清都山水郎①，天教分付与疏狂②。
曾批给雨支风券③，累上留云借月章④。

诗万首，酒千觞，几曾着眼看侯王。
玉楼金阙慵归去⑤，且插梅花醉洛阳。

---

① 清都山水郎：指天上掌管山水的官员。清都，指与红尘相对的仙境。
② 疏狂：狂放，不受礼法约束。
③ 支风券：支配风雨的手令。
④ 章：写给帝王的奏章。
⑤ “玉楼”句：即使是在华丽的天宫里做官，我也懒得去。此句表示作者不愿在朝廷为官。

Partridge in the Sky

Written at the West Capital

I am in charge of mountains and rivers divine,
Heaven tells me to be free to give order mine.
I have commanded rain to fall and wind to blow
And asked the cloud to stay and the moon to go.
Thousands of verses fine,
Hundreds of cups of wine,
I've only looked down upon the lords in power.
I would never go back high in my golden tower,
But drunk in the west capital with the mume flower.

鹧鸪天[①]·曾为梅花醉不归

曾为梅花醉不归，佳人挽袖乞新词。
轻红遍写鸳鸯带，浓碧争斟翡翠卮。

人已老，事皆非。花前不饮泪沾衣。
如今但欲关门睡，一任梅花作雪飞。

① 这首词应作于绍兴十六年，时值朱敦儒六十四岁被罢官之际。

Partridge in The Sky

Drunk with mume blossoms, I won't go homewards.
The beauties clinging to my sleeves, ask for verse fine.
I write all in bright red on a belt of lovebirds;
They try to fill my jadeite cup with dark green wine.
I am already old,
But old things are no more.
I can't drink with flowers, my sleeves with tears are cold.
Now I would only sleep with closed door,
And let mume petals fly like snow in the sky.

鹧鸪天·画舫东时洛水清

画舫东时洛水[1]清，别离心绪若为情。
西风挹泪分携后，十夜长亭九梦君。

云背水，雁回汀，只应芳草见离魂。
前回共采芙蓉处，风自凄凄月自明。

① 洛水：黄河下游南岸大支流，位于河南省西部。

Partridge in The Sky

Your painted boat went eastward on the river clear.
How could I bear the parting sorrow sad and drear?
Since in west wind with tears in eyes we bade adieu,
Nine out of ten nights I dream of the station and you,

Clouds fly over water wide,
Wild geese over riverside,
Only amid sweet grass
Can I see leaving soul, alas!
Last time we came together to pick lotus leaves;
Now the lonely moon in the dreary breeze still grieves.

朝中措

先生筇杖是生涯[①]，挑月更担花。

把住[②]都无憎爱，放行[③]总是烟霞。

飘然携去，旗亭[④]问酒，萧寺[⑤]寻茶。

恰似黄鹂无定，不知飞到谁家。

---

① “先生”句：我每日里携杖云游四海为家。先生，作者的自称。筇（qióng）杖，即竹杖。

② 把住：控制住。

③ 放行：任意行游。

④ 旗亭：此处代指酒楼。

⑤ 萧寺：佛寺。

Measures at Court

In my wandering life my bamboo cane will bear
Moonbeams and flowers fair.
Staying, I've no dislike or love,
Leaving, there's rainbow cloud above.

Roaming, I'll drink wine in a shop
And tea in a temple where I stop.
Like an oriole in flight,
None knows where I'll alight.

一落索[1]·一夜雨声连晓

一夜雨声连晓，青灯相照。

旧时情绪此时心，花不见、人空老。

可惜春光闲了，阴多晴少。

江南江北水连云，问何处、寻芳草。

---

① 一落索：词牌名，又名《一络索》《金落索》《洛阳春》《上林春》《玉连环》等。双调四十四字，上下片各四句、三仄韵。另有双调四十五字。

Loneliness

I heard it rain all night long till the break of day,
Accompanied by lamplight green.
My feelings now and then cannot be told.
Flowers unseen,
In vain I'm old.

It is a pity spring has passed away,
More cloudy than fine days gone by.
North and south of the River water blends with the sky.
May I ask where
To find grass fair?

一落索·惯被好花留住

惯被好花留住，蝶飞莺语。
少年场上醉乡中，容易放、春归去。

今日江南春暮，朱颜何处。
莫将愁绪比飞花，花有数、愁无数[①]。

① “莫将”三句：不要把愁绪比作飞花，毕竟飞花有数，愁绪却无数。

Loneliness

I used to be detained by flowers fair,
By butterflies and orioles here and there.
While young, I was fond of being drunk and gay;
It was easy to let spring slip away.

Now it's again late spring on Southern shore.
Where is the rosy face of yore?
Do not compare my grief to falling flowers!
It can't be counted as petals falling in showers.

十二时[①]

连云衰草，连天晚照，连山红叶。

西风正摇落，更前溪呜咽。

燕去鸿归音信绝。问黄花、又共谁折。

征人最愁处，送寒衣时节。

① 十二时：词牌名，又名《忆少年》。四十六字，上片两仄韵，下片三仄韵，也以入声部为宜。

Twelve Hours

Pale grass blends with clouds far and nigh,
The setting sun reddens the sky;
Red leaves cover the mountains high.
The western breeze Strips off the trees;
The creek once more
Sobs as before.

Swallows and wild geese bring no news to me.
With whom may I enjoy chrysanthemums in glee?
What grieves most those who roam?
No winter garments come from home.

好事近·渔父词

摇首出红尘，醒醉更无时节。
活计绿蓑[①]青笠[②]，惯披霜冲雪。

晚来风定钓丝闲[③]，上下是新月。
千里水天一色，看孤鸿明灭。

---

① 蓑：衣服。
② 笠：帽子。
③ “晚来”句：夜晚无风，静静地坐定垂钓。

Song of Good Event

Song of Fisherman

Shaking my head,
I leave the land, now sober, now drunken dead.
Fishing in green straw cloak and hat I go,
Used to wearing frost and braving snow.

At nightfall when wind lulls, my fishing's done;
The crescent moon makes sky and water one.
I see moon light high and low, far and near;
A single swan appears only to disappear.

减字木兰花

无人请我，我自铺毡[①]松下坐。

酌酒裁诗，调弄梅花作侍儿。

心欢易醉，明月飞来花下睡。

醉舞谁知，花满妙巾月满杯。

① 毡：用羊毛等压制成的块状、片状物。

Shortened Form of Magnolia Flower

Uninvited to wine,
I spread a blanket and sit beneath a pine.
Drinking, I write verse fine,
Mume blossoms serve as attendants divine.

Drunken in happy hours,
When the bright moon flies down,
I sleep beneath the flowers.
I dance - Who knows my delight?
My hood covered with blooms,
My cup brimming with moonlight.

柳梢青[1]

红分翠别，宿酒半醒，征鞍将发。

楼外残钟，帐前残烛，窗边残月。

想伊绣枕无眠，记行客、如今去也。

心下难弃，眼前难觅，口头难说。

---

① 柳梢青：词牌名，又名《陇头月》《早春怨》《玉水明沙》《云淡秋空》《雨洗元宵》等。双调四十九字，上片六句三平韵，下片五句三平韵。

Green Willow Tips

I part with the fair in green and bright red,
Half awake from wine of last night,
My steed ready to start.
The bell lingers beyond the tower,
In the tent flickers candlelight,
The waning moon peeps into her bower.

The sleepless buries in the pillow her head,
Thinking of the wayfarer going north and south,
Unforgettable in her heart,
Invisible to her sight,
Unutterable in her mouth.

卜算子·古涧一枝梅

古涧一枝梅，免被园林锁。

路远山深不怕寒，似共春相趓[1]。

幽思有谁知？托契[2]都难可。

独自风流[3]独自香，明月来寻我。

① 趓（duǒ）：通“躲”。

② 契：书信。

③ 风流：洒脱放逸，风雅潇洒。

Song of Divination

A mume tree grows by creekside old;

It won't be locked in garden small.

In deep mountains so far away it fears no cold;

It seems to shun springs call.

Who knows its lovely heart?

From friendship it will part.

It shows its beauty and fragrance alone,

Sought after by the moon.

卜算子·旅雁向南飞

旅雁[1]向南飞，风雨群初失。
饥渴辛勤两翅垂，独下寒汀立[2]。

鸥鹭苦难亲[3]，矰缴忧相逼[4]。
云海茫茫无处归，谁听哀鸣急。

---

① 旅雁：征雁。此处比喻战乱时人们纷纷南逃。
② 寒汀立：冷落凄清的河中小洲。
③ “鸥鹭”句：苦于和沙鸥、白鹭难以亲近。鸥鹭，即沙鸥、白鹭。
④ “矰缴（zēng zhuó）”句：时刻担心被弓箭射杀。矰，用丝绳系住的短箭。缴，系在箭上的丝绳。

Song of Divination

Wild geese on voyage southward fly;
In wind and rain one goes awry.
Tired, hungry and thirsty, with two wings hanging down,
It comes alone on the cold down.

Waterbirds are hard to get near;
Of arrows it oft stands in fear.
Where in the vast sea of clouds can it go along?
Who'd hear in haste its plaintive song?

相见欢·东风吹尽江梅

东风吹尽江梅，橘花开。
旧日吴王宫殿、长青苔。

今古事，英雄泪，老相催。
长恨夕阳西去、晚潮回[1]。

① “长恨”二句：“夕阳去、晚潮回”代表朝代交替，兴亡相继，此处表达了作者的亡国之恨、流亡之苦。

Joy of Meeting

The east wind blows away all riverside mume flowers,
And orange blossoms blow.
In ancient Wu palaces, before the bowers,
Green mosses grow.

The empires rise and fall
Make heroes all Shed tears untold
And men grow old.
How I regret the sun sinks on the western side
And ebbs the evening tide!

相见欢·金陵城上西楼

金陵城上西楼，倚清秋[①]。

万里夕阳垂地、大江流。

中原乱[②]，簪缨[③]散，几时收[④]？

试倩[⑤]悲风吹泪、过扬州[⑥]。

---

① 倚清秋：倚楼观看清秋时节的景色。

② 中原乱：指宋钦宗靖康二年时金人侵占中原的大乱。

③ 簪缨：当时官僚、贵族的冠饰，这里代指他们本人。

④ 收：收复国土。

⑤ 倩：请。

⑥ 扬州：今属江苏，是当时南宋的前线，屡遭金兵破坏。

Joy of Meeting

I lean on western railings of the city wall
Of Jinling in the fall.
Shedding its rays over miles and miles, the sun hangs low
To see the endless river flow.

The Central Plain is in a mess;
Officials scatter in distress.
When to recover our frontiers?
Ask the sad wind to blow over Yangzhou my tears!

周紫芝

ZHOU ZIZHI

作者简介

周紫芝（1082—1155），字少隐，号竹坡居士，宣城（今安徽宣城）人。南宋文学家。

宋高宗绍兴十二年（1142年）进士。十五年（1145年），为礼、兵部架阁文字。十七年（1147年），为右迪功郎、敕令所删定官，历任枢密院编修官、右司员外郎。二十一年（1151年），出知兴国军（今湖北阳新），后退隐庐山。与李之仪、吕好问、吕本中、葛立方等人往来甚密。曾向秦桧父子献谀诗，为时论所嘲讽。

词风清丽委婉，无雕琢。今有《竹坡词》。存词一百五十余首。

卜算子·席上送王彦猷①

江北上归舟，再见江南岸。

江北江南②几度秋，梦里朱颜换③。

人是岭头云，聚散天谁管。

君似孤云何处归，我似离群雁。

① 王彦猷：王之道，字彦猷，号相山居士。

② 江北江南：指长江北岸、南岸地区。

③ 朱颜换：意指衰老。王之道彼时已六十七八岁，周氏亦半百。

Song of Divination

To a Friend at Farewell Feast

Your boat will leave the northern shore at last.
When we meet again, it's south of the stream.
O how many autumns north and south will have passed?
How faces will have changed even in dream?

We are like clouds atop the hill.
Who will care if we part or stay?
Where like a lonely cloud can you go as you will?
I'm like a wild goose stray.

鹧鸪天

一点残红[①]欲尽时，乍凉秋气满屏帏[②]。
梧桐叶上三更雨，叶叶声声是别离。

调宝瑟[③]，拨金猊[④]，那时同唱鹧鸪词。
如今风雨西楼[⑤]夜，不听清歌也泪垂。

① 残红：指将熄灭的灯焰。
② 屏帏：屏风和帷帐。
③ 调宝瑟：抚弄瑟。调，指抚弄乐器。宝瑟，瑟的美称。
④ 金猊：狮形的铜制香炉。猊，狻猊，形似狮子。
⑤ 西楼：指作者住处。

Partridge in the Sky

Red flames of burned-up candle shed flickering light,
In chilly autumn air are drowned the screens in view.
The drizzle drips on plane trees at the dead of night,
Drop by drop, leaf on leaf remind me of your adieu.

We played on zither dear,
Incense from burner rose,
Singing the lovebirds' song, together we stayed close.
Tonight wind and rain rage in western bower drear,
How can I not shed tears
When none sings to my ears!

菩萨蛮

风头不定云来去，天教月到湖心住。

遥夜一襟愁，水风浑似秋。

藕花迎露笑，暗水飞萤照。

渔笛莫频[1]吹，客愁人不知。

① 频：屡次，数次。

Buddhist Dancers

The wind blows freely and clouds come and go away;
At the heart of the lake Heaven makes the moon stay,
The long night grieves
My long, long sleeves.
In wind and water autumn looms.

Towards the dew smile lotus blooms.
On the dark stream
But fireflies gleam.
O fishers' flute, don't often blow!
The roamer's grieved, but you don't know.

踏莎行

情似游丝[1]，人如飞絮。泪珠阁定空相觑[2]。

一溪烟柳万丝垂，无因[3]系得兰舟[4]住。

雁过斜阳，草迷烟渚。如今已是愁无数。

明朝且做莫思量，如何过得今宵去。

---

① 游丝：蜘蛛等昆虫所吐的飘荡在空中的丝。

② “泪珠”句：离别时，凝定了泪眼空自相觑。阁，同“搁”，形容含泪凝视的样子。空，空自，枉自。觑，细看。

③ 无因：没有办法。

④ 兰舟：木兰舟，船的美称。

Treading on Grass

My thoughts waft like gossamer light;
You'll go off as willow down flies.
In vain we gaze at each other with tearful eyes.
Thousands of willow twigs hang low by riverside,
But none of them can stop your orchid boat on the tide.

Past setting sun wild geese in flight,
On mist-veiled isle grass lost to sight,
It looks like a boundless ocean of grief and sorrow.
But now do not think of what I shall do tomorrow!
Alas! How can I pass this endless lonely night.

赵佶

ZHAO JI

作者简介

赵佶（1082—1135），即宋徽宗，宋朝第八位皇帝，宋神宗十一子。宋哲宗病逝时无子，向太后于同月立其弟赵佶为帝，次年改年号为“建中靖国”。

在位二十五年，国亡被俘，受折磨而死，终年五十四岁。

自幼养尊处优，养成了轻佻浪荡的性格。据说其父宋神宗观看南唐后主李煜的画像，“见其人物俨雅，再三叹讶”，随后他就出生了，“生时梦李主来谒，所以文采风流，过李主百倍”。

自幼爱好笔墨、丹青、骑马、射箭、蹴鞠，对奇花异石、飞禽走兽有着浓厚的兴趣，尤其在书法绘画方面，更是表现出非凡的天赋。自创的书法字体被称为“瘦金体”。今存词十二首。

燕山亭[1]·北行见杏花

裁剪冰绡[2]，轻叠数重，淡著胭脂匀注。
新样靓妆，艳溢香融，羞杀蕊珠宫女[3]。
易得凋零，更多少、无情风雨？
愁苦。问院落凄凉，几番春暮？

凭寄[4]离恨重重，这双燕，何曾会人言语？
天遥地远，万水千山，知他故宫何处？
怎不思量？除梦里、有时曾去。
无据。和梦也、新来不做。

① 燕山亭：词牌名，又名《宴山亭》。以宋徽宗赵佶词为准。
② 冰绡：洁白的丝绸，比喻花瓣。
③ 蕊珠宫女：指仙女。蕊珠，道家指天上仙宫。
④ 凭寄：凭谁寄，托谁寄。

Hillside Pavilion

Petal on petal of well-cut fine silk ice-white,
Evenly touched with rouge light,
Your fashion new and overflowing charm make shy
All fragrant palace maids on high.
How easy 'tis for you to fade!
You cannot bear the cruel wind and shower's raid.
I'm sad to ask the courtyard sad and drear
How many waning springs have haunted here?

My heart is overladen with deep grief.
How could a pair of swallows give relief?
Could they know what I say?
'Neath boundless sky my ancient palace's far away.
Between us countless streams and mountains stand.
Could swallows find my native land?
Could I forget these mountains and these streams?

But I cannot go back except in dreams.

I know that dreams can never be believed,

But now e'en dreams won't come to me!

李祁

LI QI

作者简介

李祁，生卒年不详。字萧远（一作肃远），雍丘（今河南杞县）人。

宣和年间，责监汉阳酒税，官至尚书郎。

少有诗名，词作语言清俊婉朴，意境超逸，为后人所称赞。

南歌子

袅袅[①]秋风起，萧萧[②]败叶声。

岳阳楼上听哀筝。楼下凄凉江月、为谁明。

雾雨沉云梦，烟波渺洞庭。

可怜无处问湘灵[③]。只有无情江水、绕孤城。

① 袅袅：形容秋风。

② 萧萧：形容秋风吹动树上的枯叶发出的声响。

③ 湘灵：湘水之神。岳阳城西南湖中有君山，山上有湘妃庙。

A Southern Song

Like a wreath of smoke rises autumn breeze;
Shower by shower
Fall withered leaves from the trees.
On Yueyang Tower I hear sad music plays.
For whom in the bower
The moon over the river sheds its gloomy rays?

The Cloud-Dreaming Lake lost in haze and rain;
The Dongting Lake spreads like a boundless plain
With its misty water green.
Alas! Where can I find the drowned Fairy Queen?
Only the feelingless river flows down
Around the riverside town.

如梦令

不见玉人清晓，长啸一声云杪[1]。

碧水满阑塘，竹外一枝风袅。

奇妙。奇妙。半夜山空月皎。

① 杪（miǎo）：树枝的细梢。

Dreamlike Song

At early dawn no jade-white
Beauty is in sight.
Long, long I sigh
To clouds on high.
Green water brims over the rail-girt pool;
Beyond bamboos I find mume branch with ease
Sway in the breeze.
How wonderful!
How wonderful
To see the beauty steeped in moonlight
At dead of night!

无名氏

ANONYMOUS

御街行[①]

霜风渐紧寒侵被，听孤雁、声嘹唳[②]。
一声声送一声悲，云淡碧天如水。
披衣告语：雁儿略住，听我些儿事。

塔儿南畔城儿里，第三个、桥儿外，
濒[③]河西岸小红楼，门外梧桐雕砌。
请教且与，低声飞过，那里有、人人无寐[④]。

① 御街行：词牌名，又名《孤雁儿》。双调七十八字，上下片各四仄韵。下片也有略加衬字的。

② 嘹唳：形容声音响亮凄清。

③ 濒：临。

④ 人人无寐：每个人都无法入睡。

Song of the Royal Street

Hard blows the frosty breeze;
In frozen quilt I hear
Sad cackles of wild geese,
Cry on cry bringing grief on grief far and near.
The clouds are pale; the azure sky like water clear.
I don my robe and tell the geese,
"Stop for a while and listen please!

In little town south of the tower,
Beyond the third bridge, by the western riverside,
There stands a crimson-painted bower,
With pillar-like plane trees outside.
Please do not cry.
When you pass by,
Or my dear sleepless wife would sigh!"

李清照

LI QINGZHAO

作者简介

李清照（1084—约1155），号易安居士，齐州章丘（今山东章丘）人。宋代婉约词派代表，有“千古第一才女”之称。

出身于书香门第，早期生活优裕。其父李格非是苏轼的学生，进士出身，藏书甚富；其母亲是状元王拱宸之孙女，很有文化修养。自幼家学熏陶，加之聪慧颖悟，才华过人，自少年便有诗名，才力华赡。出嫁后与夫赵明诚琴瑟和鸣、志趣相投，共同致力于书画金石的搜集整理，著有《金石录》。金兵入据中原时，南下金华避乱，境遇孤苦。

兼工诗词。其词前期多写其悠闲生活，清新哀怨；后期多悲叹身世，凄苦深沉。形式上善白描，语言清丽。论词强调协律，崇尚典雅，自辟途径，提出词“别是一家”之说，反对以作诗文之法作词。今存词四十余首。

南歌子

天上星河转，人间帘幕垂。
凉生枕簟[①]泪痕滋[②]。起解罗衣聊问、夜何其[③]。

翠贴[④]莲蓬小，金销藕叶稀。
旧时天气旧时衣。只有情怀不似、旧家[⑤]时。

---

① 枕簟（diàn）：枕头和竹席。

② 滋：增多，加多。

③ 夜何其：意指夜已到了什么时候了。其，语气助词。

④ 翠贴：即贴翠。下句“金销”同，为销金。均为服饰工艺。

⑤ 旧家：从前。《诗词曲语辞汇释》卷六：“旧家犹言从前，家为估量之辞。”其所引例中即有此句。

A Southern Song

On high the Silver River veers;
On earth all curtains are drawn down.
My mat and pillow grow chilly, wet with tears,
I rise to take off my silk gown,
Wondering how old night has grown.

Small is the green lotus on the robe I caress,
And sparse the leaves embroidered in thread of gold.
In old-time weather still I wear my old-time dress,
Only my heart feels cold
And the mood I'm in is different from that of old.

如梦令

昨夜雨疏[①]风骤，浓睡不消残酒[②]。

试问卷帘人[③]，却道海棠依旧。

知否，知否？应是绿肥红瘦[④]。

① 疏：指稀疏。

② “浓睡”句：虽然睡了一夜，仍有余醉未消。浓睡，酣睡。残酒，尚未消散的醉意。

③ 卷帘人：一说认为此指侍女。

④ 绿肥红瘦：绿叶繁茂，红花凋零。

Dreamlike Song

Last night the strong wind blew with a rain fine;
Sound sleep did not dispel the aftertaste of wine.
I ask the maid rolling up the screen.
"The same crab-apple," she says, "is seen."
"But don't you know,
Oh, don't you know
The red should languish and the green should grow?"

凤凰台上忆吹箫[①]

香冷金猊，被翻红浪[②]，起来慵自梳头。

任宝奁尘满，日上帘钩。

生怕离怀别恨，多少事、欲说还休。

新来瘦，非干病酒，不是悲秋。

休休！这回去也，千万遍阳关[③]，也则难留。

念武陵人远[④]，烟锁秦楼[⑤]。

唯有楼前流水，应念我、终日凝眸。

凝眸处，从今又添，一段新愁。

---

① 凤凰台上忆吹箫：词牌名，又名《忆吹箫》等。一般双调九十七字，上片十句四平韵，下片九句五平韵。

② 红浪：红色被铺乱摊在床上，如波浪。

③ 阳关：语出《阳关三叠》，是唐宋时的送别曲。此处泛指离歌。

④ 武陵人远：引用陶渊明《桃花源记》中讲述的故事，武陵渔人误入桃花源，离开后再去便找不到当时的路了。此处借指爱人远去的远方。

⑤ 烟锁秦楼：指独居妆楼。秦楼，即凤台，相传为春秋时秦穆公之女弄玉与其夫箫史飞升之前的住所。

Playing Flute Recalled on Phoenix Terrace

Incense in gold
Censer is cold;
I toss in bed,
Quilt like waves red.
Getting up idly, I won't comb my hair;
My dressing table undusted, I leave it there.
Now the sun seems to hang on the drapery's hook.
I fear the parting grief would make me sadder look.
I've much to say, yet pause as soon as I begin.
Recently I've grown thin,
Not that I'm sick with wine,
Nor that for autumn sad I pine.

Be done, be done!

Once you are gone,
However many parting songs we sing anew,
We can't keep you.
Far, far away you pass your days;
My bower here is drowned in haze.
In front there is a running brook
That could never forget my longing look.
From now on, where
I gaze all day long with a vacant stare,
A new grief would grow there.

一剪梅

红藕香残玉簟秋。轻解罗裳，独上兰舟。

云中谁寄锦书来？雁字回时，月满西楼[①]。

花自飘零水自流。一种相思，两处闲愁[②]。

此情无计可消除，才下眉头，却上心头。

---

① 月满西楼：意思是鸿雁飞回时，月光洒满了西楼。

② “一种”二句：意思是彼此都在思念对方，却又不能倾诉，只好各在一方独自愁闷着。

A Twig of Mume Blossoms

Fragrant lotus blooms fade, autumn chills mat of jade.
My silk robe doffed, I float
Alone in orchid boat.
Who in the cloud would bring me letters in brocade?
When swans come back in flight,
My bower is steeped in moonlight.

As fallen flowers drift and water runs its way,
One longing leaves no traces
But overflows two places.
O how can such lovesickness be driven away?
From eyebrows kept apart,
Again it gnaws my heart.

醉花阴[1]

薄雾浓云愁永昼，瑞脑[2]销金兽。
佳节又重阳，玉枕纱橱[3]，半夜凉初透。

东篱把酒黄昏后，有暗香盈袖。
莫道不销魂[4]，帘卷西风[5]，人比黄花瘦。

① 醉花阴：词牌名，又名《九日》。双调小令，仄韵格，五十二字，上下片各五句。此词调首见于北宋毛滂词。

② 瑞脑：一种薰香名，又称龙脑，即冰片。

③ 纱橱：即防蚊蝇的纱帐。

④ 销魂：形容极度忧愁、悲伤。销，一作“消”。

⑤ 西风：秋风。

Tipsy in Flowers' Shade

Veiled in thin mist and thick cloud, how sad the long day!
Incense from golden censer melts away.
The Double Ninth comes again;
Alone I still remain
In silken bed curtain, on pillow smooth like jade.
Feeling the midnight chill invade.

At dusk I drink before chrysanthemums in bloom,
My sleeves filled with fragrance and gloom.
Say not my soul is not consumed.
Should the west wind uproll
The curtain of my bower,
You'll see a face thinner than yellow flower.

添字采桑子·芭蕉

窗前谁种芭蕉树？阴满中庭。

阴满中庭，叶叶心心、舒卷有余情。

伤心枕上三更雨，点滴霖霪[①]。

点滴霖霪，愁损北人、不惯起来听。

① 霖霪：本为久雨，此处指接连不断的雨声。

Amplified Song of Gathering Mulberries

The Banana

Who's planted before my window the banana trees,
Whose shadows in the courtyard please?
Their shadows in the courtyard please,
For all the leaves are outspread from the heart
As if unwilling to be kept apart.

Heart-broken on my pillow, I hear midnight rain
Drizzling now and again.
Drizzling now and again,
It saddens a Northern woman who sighs.
What can she do, unused to it, but rise?

忆秦娥

临高阁，乱[①]山平野烟光薄。
烟光薄，栖鸦归后，暮天闻角[②]。

断香残酒情怀恶，西风催衬梧桐落。
梧桐落，又还[③]秋色，又还[④]寂寞。

① 乱：此处指无序。

② 角：画角。形如竹筒，本细末大，以竹木或皮革制成，外施彩绘，故称。发声哀厉高亢，古时军中多用以警昏晓。

③ 还：回，归到。一释“已经”。

④ 还：仍然。一释“更”。

Dream of a Fair Maiden

Viewed from the tower high,
The plain is strewn with hills, veiled in thin mist far and nigh.
In thin mist far and nigh,
Dark crows come back to rest
In their dark nest,
I hear the horn sadden the evening sky.

Incense burned and wine drunk, only my heart still grieves
To see the west wind hasten the fall of plane leaves.
Falling plane leaves,
Again I see the autumn hue;
Again I've loneliness in view.

武陵春[①]

风住尘香[②]花已尽，日晚倦梳头。

物是人非事事休，欲语泪先流。

闻说双溪[③]春尚好，也拟[④]泛轻舟。

只恐双溪舴艋舟[⑤]，载不动许多愁。

---

① 武陵春：词牌名，又名《武林春》《花想容》。双调小令，双调四十八字，上下片各四句三平韵。这首词为变格。

② 尘香：落花触地，尘土也沾染上落花的香气。

③ 双溪：水名，东港、南港两水汇于金华城南，故曰“双溪”。位于今浙江金华，是唐宋时有名的游览胜地。

④ 拟：准备、打算。

⑤ 舴艋舟：小船，两头尖如蚱蜢。

Spring in Peach Grove

Sweet flowers fall to dust when winds abate,
Tired, I won't comb my hair though it is late.
Things are the same, but he's no more and all is o'er
Before I speak, how can my tears not pour!
It's said at Twin Creek spring is not yet gone.
In a light boat I long to float thereon.
But I'm afraid the grief-overladen boat
Upon Twin Creek can't keep afloat.

声声慢[1]

寻寻觅觅[2]，冷冷清清，凄凄惨惨戚戚。
乍暖还寒[3]时候，最难将息[4]。
三杯两盏淡酒，怎敌他、晚来风急！
雁过也，正伤心，却是旧时相识。

满地黄花堆积。憔悴损，而今有谁堪摘？
守着窗儿，独自怎生得黑！
梧桐更兼细雨，到黄昏、点点滴滴。
这次第[5]，怎一个愁字了得！

---

① 声声慢：词牌名，又名《凤求凰》《胜胜慢》《寒松叹》《人在楼上》等。此调最早见于北宋晁补之词，古人多用入声，有平韵、仄韵两体。格律有双调九十九字。

② 寻寻觅觅：意谓想把失去的一切都找回来，表现非常空虚怅惘、迷茫失落的心态。

③ 乍暖还寒：忽暖忽冷，变化无常，此处指初秋天气。

④ 将息：调养休息，保养安宁。此为唐宋时方言。

⑤ 次第：光景，情形。

Slow, Slow Tune

I look for what I miss,
I know not what it is.
I feel so sad, so drear,
So lonely, without cheer.
How hard is it
To keep me fit
In this lingering cold!
Hardly warmed up
By cup on cup
Of wine so dry,
Oh, how could I
Endure at dusk the drift
Of wind so swift?
It breaks my heart, alas!
To see the wild geese pass,
For they are my acquaintances of old.

The ground is covered with yellow flowers,

Faded and fallen in showers.

Who will pick them up now?

Sitting alone at the window, how

Could I but quicken

The pace of darkness that won't thicken?

On plane's broad leaves a fine rain drizzles

As twilight grizzles.

O what can I do with a grief

Beyond belief?

点绛唇

寂寞深闺，柔肠一寸愁千缕。
惜春春去，几点催花雨。

倚遍阑干，只是无情绪。
人何处[1]？连天芳草，望断归来路[2]。

① 人何处：所思念的人在哪里？此处的“人”，与《凤凰台上忆吹箫》提到的“武陵人”的“人”，皆指作者的丈夫赵明诚。

② “连天”二句：化用《楚辞·招隐士》“王孙游兮不归，春草生兮萋萋”之意，表达亟待良人归来。

Rouged Lips

Lonely in my room,

Each heartstring is a thread of gloom.

Spring cannot be retained by love,

Flowers hastened to fall by raindrops above.

I lean from rail to rail,

To lighten my sorrow, but to no avail.

O where is he?

Sweet grass spreads as far as the sky.

It saddens me

To gaze on his returning way with longing eye.

吕本中

LYU BENZHONG

作者简介

吕本中（1084—1145），字居仁，号紫微，世称东莱先生，寿州（今安徽淮南）人。南宋诗人、词人、道学家、理学家。

宋高宗朝赐进士出身，官至中书舍人。

诗属江西派，诗数量较多，约一千二百七十首。词风清婉。今有《东莱集》。存词二十七首。

采桑子

恨君不似江楼[①]月，南北东西。
南北东西，只有相随无别离。

恨君却似江楼月，暂满还亏[②]。
暂满还亏，待得团圆是几时？

① 江楼：江边的楼阁。
② 暂满还亏：指月亮短暂的圆满之后又会有缺失。满，此处指月圆。亏，此处指月缺。

Gathering Mulberries

I'm grieved to find you unlike the moon at its best,
North, south, east, west.
North, south, east, west,
It would accompany me without any rest.

I'm grieved to find you like the moon which would fain
Now wax, now wane.
You wax and wane.
When will you come around like the full moon again?

减字木兰花

去年今夜，同醉月明花树下。

此夜江边，月暗[1]长堤柳暗船。

故人何处？带我离愁江外[2]去。

来岁[3]花前，又是今年忆去年。

① 月暗：昏暗，不明亮。

② 江外：指长江以南地区。从中原地形来看，江南地带地处长江以外，故称“江外”。一作“江表”。

③ 来岁：来年，下一年。

Shortened Form of Magnolia Flower

Last year this very night
We drank beneath the flowers under the moon bright.
Tonight by riverside
The moon is dim; we're in a boat that willows hide.

Where will you go, my friend?
Will you carry my parting grief to the river's end?
Next year before the flowers,
As we recall last year, we shall recall these hours.

向子諲

XIANG ZIYIN

作者简介

向子諲（1085—1152），字伯恭，号芗林居士，卜居临江军清江县（今江西樟树）。宋真宗宰相向敏中玄孙，宋神宗钦圣宪肃皇后向氏堂侄，宋哲宗元符三年（1100年）以荫补官。

宋徽宗宣和间，累官京畿转运副使兼发运副使。宋高宗建炎间迁江淮发运副使。素与李纲交好，李纲罢相，故落职。力主抗金，曾率军民坚守八日。绍兴中，南渡后任户部侍郎、知平江府，因反对秦桧议和去官，后闲居芗林以终老。

其诗以南渡为界，前期风格绮丽，南渡后多伤时、爱国忧国之作。今有《酒边词》。存词一百七十余首。

阮郎归·绍兴乙卯大雪行鄱阳道中

江南江北雪漫漫，遥知易水①寒。
同云深处望三关，断肠山又山。

天可老，海能翻，消除此恨②难。
频闻遣使问平安，几时鸾辂③还？

① 易水：位于今河北，当时正是金人的后方。
② 此恨：指靖康之耻、二帝被掳。
③ 鸾辂：天子乘坐的车，这里指代徽、钦二帝和帝后。

The Lover's Return

On My Way to Poyang in Snow

North and south of the River covered deep with snow,
The Northern Stream must be cold, from afar I know.
Through thickest cloud I look for Northern Pass,
My heart is broken to find hill on hill, alas!

Heaven may grow old,
The sea may turn cold,
How can I drown this grief untold!
Messengers have been sent to the North now and then.
But when will His Majesty come back? O when?

秦楼月[1]

芳菲歇[2]，故园[3]目断伤心切。
伤心切，无边烟水，无穷山色。

可堪[4]更近乾龙节[5]，眼中泪尽空啼血。
空啼血[6]，子规声外，晓风残月。

---

① 秦楼月：词牌名，又名《忆秦娥》。此词仿自李白。因词有“秦娥梦断秦楼月”句，故名。双调，四十六字。
② 芳菲歇：指春残花谢。
③ 故园：这里指沦陷的国土。
④ 可堪：何况。
⑤ 乾龙节：四月十三日为宋钦宗赵桓诞辰，定名乾龙节。
⑥ 啼血：相传杜鹃“啼至血出乃止”，此处指作者悲痛至极。

The Moon over the Tower

Sweet flowers pass away.
From my homeland kept apart,
Deep grieves my heart.
Deep grieves my heart
With endless streams in view
And boundless mountain hue.

How can I bear the approaching Dragon Day!
My eyes are dried of tears and blood in vain is shed.
In vain blood's shed
To hear the cuckoos cry
Overhead
And see the morning breeze and waning moon on high.

蔡伸

CAI SHEN

作者简介

蔡伸（1088—1156），字伸道，号友古居士，莆田（今福建莆田）人，著名书法家蔡襄之孙。

政和五年（1115年）进士，官至左中大夫。宣和年间，出知潍州北海县、通判徐州。南渡后，出知滁州。秦桧当国，以赵鼎党被罢，主管台州崇道观。绍兴九年（1139年），知徐州、德安府，后为浙东安抚司参谋官，提举崇道观。绍兴二十六年（1156年）逝世，年六十九岁。

蔡伸少有文名，擅长书法，得祖襄笔意。工词，词风雄健俊爽，颇有苏轼之风，屡有酬赠。今有《友古居士词》。存词一百七十余首。

谒金门

溪声咽，溪上有人离别。

别语叮咛和泪说[①]，罗巾沾泪血。

尽做刚肠如铁，到此也应愁绝。

回首断山帆影灭，画船空载月。

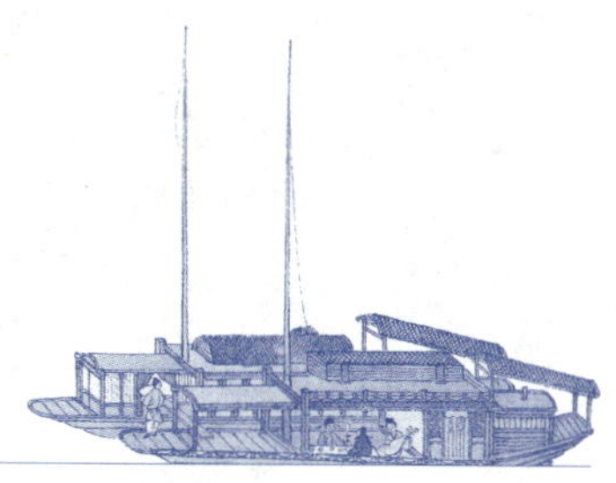

① “别语”句：表达离别的万般不舍。

At the Golden Gate

Hear the creek sob and sigh!
Along the creek we are saying goodbye.
Our farewell's said while tears stream down in flood,
Your silk scarf stained with blood.

I may pretend to have an iron heart;
It would break with grief now we part.
Turning the head, you'll find hills hide my sail from sight,
In vain my painted boat is laden with moonlight.

卜算子

前度月圆时，月下相携手。
今夜天边月又圆，夜色如清昼。

风月浑依旧，水馆[1]空回首。
明夜归来试问伊，曾解思量否？

① 水馆：临水的馆舍或驿站。

Song of Divination

That night when the full moon shone bright,
Hand in hand we stood in moonlight.
Tonight again the sky is steeped in moon ray;
The night appears as fine as the day.

The moon and the wind still the same remain,
But I recall the waterside bower in vain.
Tomorrow I will ask you when at home you're due,
If you know how much I'm longing for you.

长相思

村姑儿[①]，红袖衣，
初发黄梅[②]插稻时，双双女伴随。

长歌诗[③]，短歌诗，
歌里真情恨别离，休言伊不知[④]。

---

① 儿：“儿”字在枝韵，读如“倪”，与“衣”叶韵。今南方仍有此音。

② 初发黄梅：指梅子黄时。梅子立夏后熟，此时正是种稻时节。

③ 歌诗：即歌曲，比喻以歌词唱别情。

④ “休言”句：别说这一片心意他不知道。休言，不要说。伊，他，指村女的情人。

Everlasting Longing

The village maids not old,
With rosy sleeves uprolled,
Plant rice when yellow mumes begin to grow;
In pairs they come and go.

They sing their song
Or short or long.
Their songs regret true lovers should part.
Do they know love at heart?

西楼子

楼前流水悠悠，驻行舟。
满目寒云衰草、使人愁。

多少恨，多少泪，谩迟留。
何似蓦然[①]拚舍[②]、去来休。

① 蓦然：突然，猛然。
② 拚舍：割舍。

Song of Western Tower

How long before my tower on running water float
Ship on ship, boat on boat.
How can cold clouds and withered grass in view
Not sadden you!

How much regret!
How many tears!
Can you forget
I wait for years?
Don't any longer roam
But soon come home!

如晦

RU HUI

作者简介

如晦，生卒年不详，字叔明，普州安岳（今四川资阳）人。宋仁宗庆历六年（1046年）进士。任晋原令，累官至知梓州。

卜算子·送春

有意送春归，无计留春住[1]。
毕竟年年用着[2]来，何似休归去。

目断楚天遥[3]，不见春归路。
风急桃花也似愁，点点飞红雨。

① “无计”句：化用南唐冯延巳《鹊踏枝》词：“雨横风狂三月暮，门掩黄昏，无计留春住。”

② 着：教，叫，让。

③ “目断”句：望断了遥远的楚天。目断，目光所能达到的极处。楚天，南天。因为楚在南方。

Song of Divination

Seeing Spring Off

I want to see spring go away,
For I've no means to make her stay.
After all, she'd come back from year to year.
Why not forever stay here?

I cannot see the end of Southern sky
Nor where spring has gone by.
When the wind blows, like sorrow fall peach flowers;
Dot by dot fly red showers.

王灼

WANG ZHUO

作者简介

王灼，生卒年不详，据考证可能生于北宋神宗元丰四年（1081年），逝世于南宋高宗绍兴三十年（1160年）前后，享年约八十岁。字晦叔，号颐堂，南宋遂宁府小溪县（今四川遂宁）人。宋代著名科学家、文学家、音乐家。

学识渊博却科考失意，终身未仕。其著述涉及诸多领域，在我国文学、音乐、戏曲和科技史上有一定的地位。其所撰《糖霜谱》是世界上第一部完备的介绍糖霜生产和制造工艺的科技专著。

点绛唇·赋登楼

休惜余春，试来把酒留春住。

问春无语，帘卷西山雨。

一掬[1]愁心，强欲登高赋。

山无数，烟波无数，不放春归去。

① 一掬：两手所捧（的东西）。意指愁绪之多。

Rouged Lips

On Ascending the Towed

Don't sigh for the parting spring day!
Try with a cup of wine to ask her to stay.
But she's silent and still,
The uprolled screen shows rain on western hill.

My sorrow-laden heart forces me to write
A poem on the height.
E'en countless mist-veiled hills
And countless mist-veiled rills
Won't let spring go away.

长相思

来匆匆，去匆匆。

短梦无凭春又空，难随郎马踪[①]。

山重重，水重重。

飞絮流云西复东，音书何处通。

① “难随”句：找寻不到心上人远去的踪迹。

Everlasting Longing

You come so soon
And leave so soon.
Can I rely on short dreams and spring passed in vain?
It's hard to follow your traces again.

From hill to hill,
From rill to rill,
Like willow down and cloud wafting from east to west,
Where to send you my wishes best?

LI CHONG YUAN

李重元

作者简介

李重元，生卒年、事迹不详，约1122年（宋徽宗宣和四年）前后在世。

《全宋词》及南宋黄升编《花庵词选》收其《忆王孙》词四首，分别咏春、夏、秋、冬四季，皆是颇具意境的佳作。

忆王孙·春词

萋萋[1]芳草忆王孙[2]，柳外楼高空断魂。

杜宇[3]声声不忍闻。

欲黄昏，雨打梨花深闭门。

① 萋萋：形容春草茂盛的样子。

② 王孙：此处指游子、行人。

③ 杜宇：即杜鹃鸟，鸣声凄厉，好像在劝说行人“不如归去”。

The Prince Recalled

Song of Spring

Luxuriant grass reminds me of my roving mate.
In vain my heart breaks in willow-shaded tower high.
"Better go home!" How could I bear the cuckoo's cry!
The evening is growing late,
The rain beats on pear blossoms, I shut up the gate.

NIE SHENG QIONG

聂胜琼

作者简介

聂胜琼，生卒年不详。

北宋名妓，资性慧黠。李之问诣京师，见而悦之，遂与结好，情笃。李归家分别后五日，她以《鹧鸪天》词寄之。李妻见词而喜，助夫娶回为妾。琼至，损其妆饰，委曲奉事主母，终身和好。

《全宋词》存其词一首，即《鹧鸪天》。

鹧鸪天·寄李之问

玉惨花愁[1]出凤城[2]，莲花楼[3]下柳青青。
尊前一唱阳关[4]后，别个人人[5]第五程[6]。

寻好梦，梦难成。况谁知我此时情。
枕前泪共帘前雨，隔个窗儿滴到明。

---

① 玉惨花愁：形容女子愁眉苦脸。
② 凤城：指北宋都城汴京（今开封）。
③ 莲花楼：指饯行之处。
④ 阳关：即《阳关曲》，古人送别时唱此曲。
⑤ 人人：那个人。此处指所爱的人。
⑥ 程：里程，古人称一站为一程。

Partridge in the Sky

For Her Husband

I see you leave the town, jade-pale to sadden flower;
The willows look so green below the Lotus Tower.
Before a cup of wine I sing a farewell song;
At the fifth post I see you off on journey long.

I seek again
Sweet dreams in vain.
Who knows how deep is my sorrow?
My teardrops on the pillow
And raindrops on the willow
Drip within and without the window till the morrow.

李弥逊

LI MIXUN

作者简介

李弥逊（1085—1153），字似之，号筠西翁、筠溪居士、普现居士，祖籍连江（今福建福州），生于吴县（今江苏苏州）人。

大观三年（1109年）进士。高宗朝，试中书舍人，再试户部侍郎。后因反对议和忤秦桧，出知漳州。晚年归隐连江西山。

所作词多抒写乱世时的感慨，风格豪放。今有《筠溪乐府》。存词八十余首。

菩萨蛮

江城烽火连三月，不堪对酒长亭别。

休作断肠声，老来无泪倾[①]。

风高帆影疾，目送舟痕碧。

锦字几时来？薰风无雁回[②]。

① “老来”句：意思是并非不动情，而是泪泉已涸、老泪已尽，这正是极度悲愤的表现。

② “薰风”句：初夏时南风吹，鸿雁早已飞往北方，书信无法带回。此句化用“雁足传书”和“织锦回文”的典故。薰风，指南风。

Buddhist Dancers

From month to month in riverside town fire was spread.

Can I bear to drink farewell at Pavilion Long?

Do not sing your heart-breaking song!

While old, I have no tears to shed.

Your sail goes fast when wind is high;

Amid green waves it's lost to my eye.

When will messengers bring me word?

Summer wind brings no message-bearing bird.

陈与义

CHEN YUYI

作者简介

陈与义（1090—1138），字去非，号简斋，祖籍京兆（今陕西西安），后随曾祖陈希亮迁居洛阳，故为洛阳（今河南洛阳）人。

宋徽宗时进士，任太学博士等职。南渡后，历任吏部侍郎、参知政事等。

两宋之交的杰出诗人，诗风清朗，后随时局的变化，趋于沉郁悲壮，留下不少忧国忧民的爱国诗篇。工于填词，其词别具风格，尤近于苏东坡，语意超绝，清婉秀丽，疏朗明快，自然浑成。今存词十余首。

忆秦娥·五日[①]移舟明山下作

鱼龙[②]舞，湘君[③]欲下潇湘浦。
潇湘浦。兴亡离合，乱波平楚。

独无尊酒[④]酬端午，移舟[⑤]来听明山雨。
明山雨。白头孤客，洞庭怀古。

① 五日：当为“午日”之误。观“独无尊酒酬端午”可知。
② 鱼龙：水上的龙舟和水中的鱼儿。
③ 湘君：指屈原。
④ 尊酒：美酒，佳酿。
⑤ 移舟：独自泛舟。

Dream of a Fair Maiden

Mooring at the Foot of Mount Ming

Fish dance with dragons on the tide
To mourn over the poet drowned by riverside.
By riverside
States rise and fall,
Waves level all.
Without wine the Dragon Boat Day is passed in vain;
I moor my boat by riverside to watch the rain.
To watch the rain,
A lonely white-haired man at last
Comes to lakeside to mourn over the past.

浣溪沙

送了栖鸦复暮钟，栏干生影曲屏东。

卧看孤鹤驾天风。

起舞一尊[1]明月下，秋空如水酒如空。

谪仙已去与谁同？

① 尊：通“樽”。

Silk-Washing Stream

The evening bell bids adieu after the crows;
East of the folded screen the railing's shadow grows.
Lying, I see the lonely crane on the wind fly.

I rise and dance in moonlight with a cup of wine;
The autumn sky's like water and wine like the sky.
Who'd drink with me since gone is the poet divine?

张元幹

ZHANG YUANGAN

作者简介

张元幹（1091—1170），字仲宗，号芦川居士、真隐山人，晚年自称芦川老隐，长乐（今福建福州）人。

历任太学上舍生、陈留县丞等职。金兵围汴、秦桧当国时，入李纲麾下，坚决抗金，力谏死守。曾赋《贺新郎》词赠李纲，后秦桧闻此事，以他事追赴大理寺除名削籍。尔后漫游江浙等地，客死他乡，卒年约七十岁，归葬闽之螺山。

工词，多愤时疾恶之作，豪放词风对辛弃疾有一定的影响，与张孝祥一起号称南宋初期“词坛双璧”。今存词一百八十余首。

点绛唇·呈洛滨筑溪二老

清夜沉沉，暗蛩啼处檐花落[①]。
乍凉帘幕，香绕屏山角。

堪恨归鸿，情似秋云薄。
书难托，尽交寂寞，忘了前时约。

① “清夜”二句：一个美好的深秋之夜，雨檐滴水，蟋蟀鸣叫。此二句化用杜甫《醉时歌》中“清夜沉沉动春酌，灯前细雨檐花落”的诗句。

Rouged Lips

Deep, deep, clear night so deep,
Flowers fall 'neath the eaves, in the dark crickets weep.
Curtains so chill,
Incense rises around the screen, atop its hill.

I dislike the message-bearing wild geese:
Their feeling as shallow as autumn cloud would freeze.
To whom may I my letter confide?
Lonely, I can only put it aside,
Forgetting I have former promise to keep.

菩萨蛮

三月晦[1]，送春有集，坐中偶书。

春来春去催人老，老大争肯输年少。
醉后少年狂，白髭[2]殊未妨。

插花还起舞，管领[3]风光处。
把酒共留春，莫教[4]花笑人！

---

① 晦：农历月末。
② 白髭（zī）：形容嘴边的胡子发白了。
③ 管领：主管的意思。
④ 教：使，令。

Buddhist Dancers

When spring comes and goes, we grow old;
Though older than the young, are we less bold?
Drunk, the same fiery zeal we'll show.
What matters if white beard should grow!

I dance with flowers pinned in the hair;
I am master no matter where.
Wine cup in hand, I ask spring to stay.
Be not laughed at by flowers gay!

吕渭老

LYU WEILAO

作者简介

吕渭老，一作吕滨老，生卒年不详，字圣求，嘉兴（今浙江）人。

宣和、靖康年间在朝做过小官，南渡后情况不详。

以诗名，工词。前期词作多抒写个人情趣，语言精练，风格秀婉。后期词作因身逢国难，讽咏中率寓爱君忧国意，豪放悲壮，诚挚感人。形式上以长调居多，对宋词由小令向长调发展做出了贡献。赵师秀评："圣求词，婉媚深窈，视美成、耆卿伯仲。"今有《圣求词》。

好事近

飞雪过江来，船在赤栏桥[①]侧。
惹报布帆无恙，著两行亲札[②]。

从今日日在南楼，鬓自此时白。
一咏一觞[③]谁共，负平生书册[④]。

① 赤栏桥：位于安徽合肥。《淡黄柳》词序：“客居合肥南城赤栏桥之西。”

② “惹报”二句：此二句为倒装句，意思即到达后立刻写封简短信札，向友人报告平安，以免他们挂念。惹，即偌，犹言在此。无恙，无疾无忧，此处指旅途平安。著，加上。亲札，亲笔写的书信。

③ 一咏一觞：王羲之《兰亭集序》：“一咏一觞，亦足以畅叙幽情。”此处指有谁来同饮酒赋诗。

④ “负平”句：不能为国建立功业，辜负了一生读书的志向。书册，书籍。

Song of Good Event

I've crossed the river in flying snow,
And moored my boat by the Bridge of Red Rails, so
I tell you with my sail nothing goes wrong,
And send you two hand-written lines not long.

From now on I'll stay in South Tower from day to day,
And since then my hair will turn grey.
Who would write verse with me and share my cup of wine?
Can such life justify the books I've read line by line?

邓肃

DENG SU

作者简介

邓肃（1091—1132），字志宏，号栟榈，南剑沙县（今属福建）人，唐末崇安镇将邓光布将军的后裔。

我国历史上著名的谏官。年少时，美风仪，善谈论，警敏能文，为人刚正，关心民瘼。宋钦宗即位，因李纲大力推荐，得宋钦宗赐进士出身，补承务郎，授鸿胪寺主簿。后金兵犯阙，奉命出使，被扣五十日，坚强不屈。宋高宗时，又擢为左正言，大胆揭露时弊，提出救国良策，名满天下。竭力为因坚持抗金、受权臣陷害而罢相的李纲申辩，触怒当权被贬，罢官回家。仍念念不忘国事，孤忠之气溢于言表。

今有《栟榈文集》。其诗文在宋朝不愧为名家。

长相思·一重山

一重山，两重山。

山远天高烟水寒，相思枫叶丹[①]。

菊花开，菊花残。

塞雁[②]高飞人未还，一帘[③]风月闲。

---

① 丹：红色。

② 塞雁：塞外的鸿雁。塞雁春季北飞，秋季南来，所以古人常以之自比，表示对远离故乡的亲人的思念。

③ 帘：帷帐，帘幕。

Everlasting Longing

The hills near by
And mountains high
Extend with misty water as far as the sky;
The longing maple leaves turn to red dye.

Chrysanthemums sigh;
Chrysanthemums die.
You don't come back when wild geese westward fly,
A screen of breeze and moonlight left before my eye.

长相思·红花飞

红花飞，白花飞。

郎与春风同别离，春归郎不归。

雨霏霏[1]，雪霏霏。

又是黄昏独掩扉，孤灯隔翠帷。

① 霏霏：形容雨很盛或很密的样子。

Everlasting Longing

Red flowers fly,

White flowers fly.

My husband left me when the vernal breeze passed by.

But won't come back with spring, Oh my!

Rain falls once more,

Snow falls once more.

Again in the twilight I lean against the door,

A lonely lamp dims the floor.

岳飞

YUE FEI

作者简介

岳飞（1103—1142），字鹏举，汤阴（今河南安阳）人。南宋抗金名将。中国历史上著名军事家、战略家，民族英雄。

尤好兵法，二十岁从军，所向披靡，屡建战功。南渡后，以恢复北方失地为己任，是南宋的抗金名将。后因坚持抗战反对议和，与长子岳云和部将张宪为秦桧所害，死时年仅三十九岁。宋孝宗时，岳飞冤狱被平反，改葬于西湖畔栖霞岭，追谥武穆，后又追谥忠武，封鄂王。

有诗词文，但流传不多，其风格慷慨激昂，沉郁悲壮，其内容多抒发爱国之志。

满江红

怒发冲冠，凭栏处、潇潇雨歇。

抬望眼、仰天长啸[1]，壮怀激烈。

三十功名尘与土，八千里路云和月[2]。

莫等闲，白了少年头，空悲切。

靖康耻[3]，犹未雪。臣子恨，何时灭。

驾长车，踏破贺兰山[4]缺。

壮志饥餐胡虏[5]肉，笑谈渴饮匈奴血。

待从头、收拾旧山河，朝天阙。

---

① 长啸：情感激动时撮口发出清而长的声音。古人在心情郁闷的时候会长啸以抒怀。

② “八千”句：形容南征北战，路途遥远，披星戴月。

③ 靖康耻：宋钦宗靖康二年（1127 年），金兵攻陷汴京，宋徽宗、宋钦宗被掳往北方，北宋灭亡。

④ 贺兰山：此处指河北磁县的贺兰山。

⑤ 胡虏：对女真族入侵者的蔑称。

The River All Red

Wrath sets on end my hair,
I lean on railings where
I see the drizzling rain has ceased.
Raising my eyes
Towards the skies,
I heave long sighs,
My wrath not yet appeased.
To dust is gone the fame achieved in thirty years;
Like cloud-veiled moon the thousand-mile plain disappears.
Should youthful heads in vain turn grey
We would regret for aye.

Lost our capitals,

What a burning shame!

How can we generals

Quench our vengeful flame!

Driving break through our chariots of war, we'd go

To break through our relentless foe.

Valiantly we'd cut off each head;

Laughing, we'd drink the blood they shed.

When we've reconquered our lost land,

In triumph would return our army grand.

李石

LI SHI

作者简介

李石，生卒年不详，字知几，号方舟先生，四川资阳人。

少负才名，登进士第，任太学博士。后降职为成都学官。宋孝宗乾道中再入为郎，后历知合州、黎州、眉州，皆以论罢，终于成都转运判官。后逝世于成都，时年七十岁。

时作山水小笔，风调远俗。

临江仙·佳人

烟柳疏疏人悄悄，画楼风外吹笙。
倚栏闻唤小红声。熏香临欲睡，玉漏①已三更②。

坐待不来来又去，一方明月中庭③。
粉墙东畔小桥横。起来花影下，扇子扑飞萤。

① 玉漏：古代用以计时的漏壶的美称。

② 三更：即半夜（晚上 11 点到次日凌晨 1 点之间的时间），又名子时，古代时间名词。

③ 中庭：庭院之中。庭，庭院。

Riverside Daffodils

All quiet, sparse are mist-veiled willow trees;
In painted bower a flute wafts with the breeze.
She leans on rails. Who calls "Rosette" in a voice low,
When incense burnt, to bed she wants to go?
The water clock shows it's midnight.

She waits for him to come; just come, again he'll go,
Leaving the square courtyard steeped in moonlight.
East of the white-washed wall a small bridge arches low.
Rising in the shade of flowers, she tries
To catch with her fan flitting fireflies.

康与之

KANG YUZHI

作者简介

康与之，生卒年不详，字伯可，号顺庵，洛阳人，住滑州（今河南安阳），南渡后居嘉禾（今浙江嘉兴）。

建炎初，上《中兴十策》，名震一时。秦桧当国，附秦桧求进，为秦桧门下十客之一，监尚书六部门，专应制为歌词。绍兴十七年（1147年），擢军器监。秦桧死，除名编管钦州。后移雷州，再移新州牢城后死。

其词多应制之作，不免歪曲现实，粉饰太平，但音律严整，讲求措辞。

诉衷情·长安怀古

阿房[①]废址汉荒丘，狐兔又群游。
豪华尽成春梦，留下古今愁。

君莫上，古原头，泪难收。
夕阳西下，塞雁南飞，渭水[②]东流。

---

① 阿房：即阿房宫。秦始皇时营建。

② 渭水：黄河的最大支流。发源于甘肃省定西市，流经今甘肃天水，陕西宝鸡、咸阳、西安、渭南等地，至渭南市潼关县汇入黄河。

Telling Innermost Feeling

The Ancient Capital Recalled

Where ancient palaces stood, now ruins stand;
Foxes and hares in throng haunt the waste land.
Past splendor turns into dreams of spring,
Leaving old grief for the modern to sing.

Don't mount the Merry-Making Plain!
From shedding tears can you refrain?
Down in the western sky
The setting sun goes;
Southward the wild geese fly,
But eastward River Wei still flows.

长相思·游西湖

南高峰，北高峰[①]，

一月湖光烟霭中。春来愁杀侬[②]。

郎意浓，妾意浓。

油壁车[③]轻郎马骢，相逢九里松[④]。

---

① 南高峰，北高峰：杭州西湖诸山中南北对峙的高峰。

② 侬：人。

③ 油壁车：四周垂帷幕，用油漆涂饰车壁的香车。

④ 九里松：据《西湖志》，唐刺史袁仁敬守杭州时，种植松树于行春桥，西达灵隐、天竺路，路左右各三行，每行隔去八九尺，苍翠夹道，人行其间，衣皆绿。

Everlasting Longing

On West Lake

The southern crest,
The northern crest,
The shimmering lake's veiled in haze from east to west;
Spring causes me unrest.

Deep deep your love,
Deep deep is mine.
My painted carriage's light and your horse fine,
Going nine miles, we meet beneath the pine.

卜算子

潮生浦口云，潮落津头树。
潮本无心落又生，人自来还去。

今古短长亭[①]，送往迎来处。
老尽东西南北人，亭下潮如故。

---

① 短长亭：古代驿道五里设一短亭，十里设一长亭。

Song of Divination

Clouds rise over river mouth with rising tide;
The trees see it ebb by the ferry side.
The tide is free to rise and flow;
So men are free to come and go.

Pavilions far and nigh
Bid welcome and goodbye.
Men have grown old who come from north, south, east
or west;
But the pavilion still sees the tide without rest.

王炎

WANG YAN

作者简介

王炎（1137—1218），字晦叔，一字晦仲，号双溪，婺源（今江西婺源）人。

年十五学为文，乾道五年（1169年）进士，调明州司法参军，丁母忧，再调鄂州崇阳簿，江陵帅张栻檄入幕府，议论相得。秩满，授潭州教授，后历任通判临江军、太学博士、秘书郎、著作郎、礼部员外郎、军器少监等官职。不畏豪强，有“为天子臣，正天子法”之说，人多传诵。然终以谤罢。

生平与朱熹交厚，往还之作颇多，又与张栻讲论，故其学为后人所重。一生著述甚富，所作诗文博雅精深，议论醇正，有根柢，尤为世人称许。其词婉转妩媚，质实妍雅。今有《双溪诗余》。存词五十二余首。

南柯子

山冥[1]云阴重，天寒雨意浓。
数枝幽艳湿啼红[2]。莫为惜花惆怅对东风。

蓑笠朝朝出，沟塍[3]处处通。
人间辛苦是三农[4]。要得一犁水足望年丰。

① 山冥：指山的水气很重，山色昏暗。
② 啼红：花朵上逐渐聚成水珠，像噙着眼泪。
③ 塍（chéng）：田间土埂。
④ 三农：指春耕、夏耘、秋收。

Song of Golden Dream

The mountains darken, overshadowed by cloud;
The cold weather thick with rain is not loud.
Red petals fall from a few pretty weeping trees.
Grieve not for flowers blown off by the vernal breeze!

Plodding out in straw cloak from day to day,
Coming back by side ditch pathway,
The peasants lead the hardest life from spring to fall.
What they need after all
Is but a bumper year
So dear!

韩元吉

HAN YUANJI

作者简介

韩元吉（1118—1187），字无咎，号南涧，开封雍丘（今河南杞县）人，一作许昌（今河南）人。南宋词人。南渡后流寓信州（今江西上饶）。

初为信州幕僚，孝宗初年（1163年）官至吏部侍郎、吏部尚书。力主抗金，与张孝祥、范成大、陆游、辛弃疾等常以词唱和。词多抒发山林情趣，词风豪放，近辛弃疾。今存词八十余首。

霜天晓角[①]·题采石蛾眉亭[②]

倚天绝壁，直下江千尺。
天际两蛾凝黛[③]，
愁与恨[④]、几时极！

暮潮风正急，酒阑闻塞笛[⑤]。
试问谪仙[⑥]何处？
青山[⑦]外、远烟碧。

---

① 霜天晓角：词牌名，又名《月当窗》《长桥月》《踏月》。越调，仄韵。各家颇不一致，通常以辛弃疾《稼轩长短句》为准。双调四十三字，上下片各三仄韵。

② 采石蛾眉亭：登上峨眉亭远眺，只见采石矶峭壁如削、倚天而立。采石，采石矶，位于安徽当涂县（今属安徽马鞍山）西北牛渚山下突出于江中处。蛾眉亭，位于当涂县，傍牛渚山而立，因前有东梁山、西梁山夹江对峙如蛾眉而得名。牛渚山又名牛渚圻，面临长江，山势险要，其北部突入江中名采石矶，为古时大江南北重要津渡、军家必争之地。

③ 两蛾凝黛：把长江两岸东西对峙的梁山比作美人的黛眉。

④ 愁与恨：古代文人往往把美人的蛾眉描绘成为含愁凝恨的样子。

⑤ 塞笛：边笛，边防军队里吹奏的笛声。当时采石矶就是边防的军事重镇。

⑥ 谪仙：即李白。他晚年住在当涂，逝于当涂。

⑦ 青山：位于当涂东南，山北麓有李白墓。

Morning Horn and Frosty Sky

Written in the Pavilion at Frowning Cliff

A frowning cliff against the sky
Commands the river from a thousand feet high.
On the two far-off browlike peaks with green congealed,
How much grief is revealed?
Can we express
It in excess?

Over angry waves swift blows wind drear;
Awake from wine, I hear flute songs from the frontier.
May I know where is the poet divine?
Beyond the green hills in a line,
Where mist and cloud combine.

好事近

汴京赐宴，闻教坊乐有感。

凝碧[①]旧池头[②]，一听管弦凄切。
多少梨园声在，总不堪华发[③]。

杏花无处避春愁，也傍野烟发。
惟有御沟[④]声断，似知人呜咽。

---

① 凝碧：王维为安禄山所拘，曾赋《凝碧池》诗。

② 池头：即池边。

③ 华发：花白头发。

④ 御沟：皇宫水沟。

Song of Good Event

On Hearing Music as an Envoy at a Banquet in the Lost Capital

The Pond of Green Congealed looks as of old,
But now I find pipes and strings sad and cold.
How many old musicians still sing today?
Their songs but turn my hair from black to grey.

Where reigns spring grief, there apricot can't go;
Only in mist-veiled field can its flowers blow.
The lonely Royal Moat murmurs around
As human sobbing sound.

朱淑真

ZHU SHUZHEN

作者简介

朱淑真（1135—1180），号幽栖居士，祖籍歙州（今安徽黄山），一说钱塘（今浙江杭州）人，出身官宦之家。南宋女词人，亦为唐宋以来留存作品最丰盛的女作家之一。

夫为文法小吏，因志趣不合、夫妻不睦，致其抑郁早逝。又传朱淑真过世后，父母将其生前文稿付之一炬。其余生平不可考，素无定论。

诗词俱工，词风婉约，格调感伤悲婉。今有《断肠集》传世。

清平乐·夏日游湖

恼烟撩露[①]，留我须臾住。
携手[②]藕花湖上路，一霎黄梅细雨。

娇痴不怕人猜，和衣睡倒人怀。
最是分携时候，归来懒傍妆台。

① “恼烟”：撩惹意。这里指荷花含烟带露，留人稍住，却说“恼”“撩”，言意春光无奈，总是情怀不惬。
② 携手：此处当指和女伴携手。下文“分携”指分手。

Pure Serene Music

A Summer Day on the Lake

Annoying mist and enticing dew
Retain me for a while with puzzling view.
Hand in hand, we stroll by the Lake of Lotus Flower;
A sudden rain drizzles into a shower.

Fond to be silly, I care not for others, never.
Undoffed, I lie down with my breast against his chest.
What can I do when comes the time to sever?
Indolent when back, by my dresser I won't rest.

谒金门·春半

春已半[①]，触目此情无限[②]。
十二阑干[③]闲倚遍，愁来天不管。

好是风和日暖，输与[④]莺莺燕燕。
满院落花帘不卷，断肠芳草[⑤]远。

---

① 春已半：化用李煜《清平乐》中的诗句："别来春半，触目愁肠断。"
② 此情无限：即春愁无限。
③ 十二阑干：指十二曲栏杆。语出李商隐《碧城三首》中的"碧城十二曲阑干"。
④ 输与：比不上，还不如。
⑤ 芳草：在古诗词中，多象征所思念之人。

At the Golden Gate

Mid-Spring

Half spring has passed,
The view awakes a sorrow vague and vast.
Unoccupied, I lean on all twelve balustrades,
But Heaven cares not if my sorrow fades.

Although the sun is warm and the breeze fair,
I envy orioles and swallows in pair.
When courtyard flowers fall, I won’t uproll the screen;
My heart would break when green grass can’t be seen.

蝶恋花·送春

楼外垂杨千万缕，欲系青春，少住春还去[①]。
犹自风前飘柳絮，随春且看归何处。

绿满[②]山川闻杜宇，便做[③]无情，莫也[④]愁人苦。
把酒送春春不语，黄昏却下潇潇雨。

① “欲系”二句：好像要拴住春天的脚步，春天却匆匆而过不曾停留。有注家认为这句应断为“欲系青春少住，春还去”。

② 绿满：一作“满目”。

③ 便做：即使，纵然。连词。

④ 莫也：岂不也。

Butterflies in Love with Flowers

Farewell to Spring

Thousands of willow twigs beyond my bower sway;
They try to retain spring, but she won't stay
For long and goes away.
In vernal breeze the willow down still wafts with grace;
It tries to follow spring to find her dwelling place.

Hills and rills greened all over, I hear cuckoos sing;
Feeling no grief, why should they give me a sharp sting?
With wine cup in hand, I
Ask spring who won't reply.
When evening grizzles,
A cold rain drizzles.

减字木兰花·春怨

独行独坐，独唱独酬还独卧。
伫立伤神[①]，无奈春寒著摸人。

此情谁见，泪洗残妆[②]无一半。
愁病相仍[③]，剔尽寒灯[④]梦不成[⑤]。

① 伤神：伤心。
② 残妆：指女子残褪的妆容。
③ 相仍：相继，连续不断。
④ 寒灯：寒夜里的孤灯。多用来渲染孤寂、凄凉的心情和环境。
⑤ 梦不成：指难以入眠。

Shortened Form of Magnolia Flower

Grief in Spring

Alone I stroll and sit,

Alone I chant and thyme, and still alone I sleep.

Standing, I feel unfit.

What can I do when cold spring torments me to weep!

Is grief beyond belief?

My neglected dress is half wet with tears in streams.

Illness comes after grief;

The cold lamp dying out, I can't even have dreams.

赵彦端

ZHAO YANDUAN

作者简介

赵彦端（1121—1175），字德庄，号介庵，汴梁（今河南开封）人。宋代诗人。

乾道、淳熙间，以直宝文阁知建宁府。终左司郎官。

工词，词以婉约纤秾胜。

朝中措[1]·乘风亭初成

长松擎月与天通，霜叶乱惊鸿。

露炯乍疑杯滟，云生似觉衣重。

江南胜处，青环楚嶂，红半溪枫。

倦客会应归去，一亭长枕寒空。

---

① 朝中措：词牌名，又名《照江梅》《梅月圆》《芙蓉曲》等。以欧阳修词《朝中措·送刘仲原甫出守维扬》为正体，双调四十八字，上片四句三平韵，下片五句两平韵。

Measures at Court

The Refreshing Pavilion Inaugurated

The sky-scraping pine-tree holds the moon up;
A riot of fallen leaves startles wild geese.
Glistening dew looks like a brimming cup;
Laden with cloud, my sleeves can't flap with ease.

In southern scenic spot
Girt with blue stream and peak,
Maple leaves redden half the creek.
A roamer tired should go back to his cot,
In this pavilion he may lie
To watch the cold blue sky.

点绛唇·途中逢管倅[1]

憔悴天涯[2]，故人相遇情如故。
别离何遽，忍唱阳关句。

我是行人，更送行人去。
愁无据[3]。寒蝉鸣处，回首斜阳暮。

---

① 管倅：其人不详，据词中推测，应是作者好友。倅，对州郡副贰之官的称呼。

② 憔悴天涯：漂泊他乡多年，早已心中愁苦人憔悴。憔悴，指作者现在困苦的样子。天涯，此处指他乡。

③ 无据：无端，无边无际。

Rouged Lips

Meeting with an Old Friend on the Way

Languid at the earths end,
I relive the bygone days when I meet an old friend.
So soon I part with you.
Can I bear to sing the song of adieu?

A roamer in an alien land,
To another roamer I wave my hand.
With baseless grief I turn my head
To hear the cicada sings;
I see the setting sun red
Through their dark wings.

生查子

新月[①]曲如眉，未有团圞[②]意。
红豆不堪看，满眼相思泪。

终日擘桃穰[③]，仁[④]在心儿里。
两朵隔墙花，早晚成连理[⑤]。

① 新月：农历月初的月亮。
② 团圞（luán）：团圆。
③ 桃穰：桃核。
④ 仁：桃仁。这里“仁”与“人”谐音，一语双关。
⑤ 连理：指异本草木的枝干连生为一体。古人以“连理枝”喻夫妇恩爱。

Song of Hawthorn

The new moon looks like an eyebrow;
It's unwilling to be round now.
I can't bear to see the red bean
As lovesick tears will not be seen.

All day I break peach's inner part;
Like its core you're deep in my heart.
Two flowers severed by the wall
Will be united after all.

姚宽

YAO KUAN

作者简介

姚宽，生卒年不详，字令威，号西溪，会稽嵊县（今浙江嵊州）人，后随父迁居诸暨。宋代杰出的史学家、科学家，著名词人。

以荫补官。吕颐浩、李光帅江东的时候，招姚宽致幕府中。秦桧掌权后，因旧时的怨恨拒用姚宽。后姚宽经贺允中、徐林、张孝祥等人推荐，任尚书户部员外郎、枢密院编修官。

姚宽聪慧异常，博闻强记，精于天文推算、工技之事及篆隶。曾集古今用弩事实及造弩技术，编写《弩守书》献与朝廷。尤工辞章。今存词仅五首。

生查子·情景

郎如陌上尘，妾似堤边絮。
相见两悠扬[①]，踪迹无寻处。

酒面[②]扑春风，泪眼零秋雨。
过了别离时，还解相思否。

① 悠扬：飞扬，形容飘忽起伏。
② 酒面：因喝酒而泛红的脸庞。

Song of Hawthorn

Love at First Sight

You're like the dust by the roadside;
I'm willow down on rivershore.
We meet while wafting far and wide,
But I can find your trace no more.

Your face is drunk with vernal breeze,
Like autumn rain my tearful eyes.
After we parted, tell me please,
Are you longing for me with sighs?

陆游

LU YOU

作者简介

陆游（1125—1210），字务观，号放翁，越州山阴（今绍兴）人。南宋文学家、史学家、爱国诗人，南宋诗坛第一大家。生逢北宋灭亡之际，深受家庭爱国思想的熏陶。

宋高宗时，礼部试第一，却遭秦桧除名。宋孝宗时，赐进士出身。因坚持抗金，屡遭主和派排斥，仕途不畅。乾道七年（1171 年），投身军旅，任职于南郑幕府。次年，幕府散，奉诏入蜀。宋光宗继位后，升礼部郎中兼实录院检讨官，后因“嘲咏风月”罢官归居故里。嘉泰二年（1202 年），应诏入京，主持编修史册，官至宝章阁待制。书成后，蛰居山阴。嘉定二年与世长辞，留绝笔《示儿》。

诗词语言平易晓畅，其章法谨严，兼具李白的雄奇奔放与杜甫的沉郁悲凉，尤以饱含爱国热情。他的《南唐书》“简核有法”，史评色彩鲜明，具有很高的史料价值。今有《剑南诗稿》《渭南文集》等。存词一百三十余首。

浪淘沙·丹阳[1]浮玉亭席上作

绿树暗长亭，几把离尊[2]。
阳关常恨不堪闻。
何况今朝秋色里，身是行人。

清泪浥罗巾，各自消魂。
一江离恨恰平分。
安得千寻横铁锁[3]，截断烟津？

① 丹阳：地名，位于镇江之南。

② 离尊：送别的酒杯。尊：通“樽”，酒杯。

③ 千寻横铁锁：《晋书》卷四二《王濬传》：“太康元年正月，濬发自成都，率巴东监军、广武将军唐彬，攻吴丹杨，克之，擒其丹杨监盛纪。吴人于江险碛要害之处，并以铁锁横截之，又作铁锥，长丈余，暗置江中，以逆距船。”王濬灭蜀后，继而起兵伐吴。吴人凭借长江天险，于水中横置铁锁、铁锥，抗拒北军，然晋师除锥熔锁，终无阻碍，顺流鼓棹，直捣三山。孙皓备亡国之礼，素车白马，肉袒面缚，衔璧牵羊，率百官投降晋师，东吴遂亡。

Sand-sifting Waves

At a Farewell Banquet in the Pavilion of Floating Jade

Green trees darken the Pavilion Long;
I drink adieu once and again.
Often I hate to hear the farewell song,
Not to say of the autumn day
When I'm to go far, far away.

Silk scarfs wet with tears flowing,
Each of us is broken-hearted.
How could a riverful of parting grief be parted?
Where could I find the river-barring iron chain
To stop the grief from overflowing!

好事近·登梅仙山绝顶望海

挥袖上西峰，孤绝去天无尺。

拄杖下临鲸海[①]，数烟帆历历。

贪看云气舞青鸾，归路已将夕。

多谢半山松吹，解殷勤留客。

① 鲸海：指中国古代对今日本海北部及鞑靼海峡的称呼。此处泛指海。

Song of Good Event

Viewing the Sea Atop Mume Fairy Mountain

Waving my sleeves, I go up western mountain high,
Its summit only one foot from the sky.
Cane in hand, I overlook the sea where appear whales,
And count one by one mist-veiled sails.

I'm greedy to see clouds dance on the mirror bright;
On my way back it is twilight.
Thanks to the breeze among the pine-trees blowing,
I'm detained from home-going.

鹧鸪天

家住苍烟落照间，丝毫尘事不相关。

斟残玉瀣[①]行穿竹，卷罢《黄庭》[②]卧看山。

贪啸傲，任衰残，不妨随处一开颜。

元[③]知造物心肠别，老却英雄似等闲。

① 玉瀣（xiè）：美酒。

② 《黄庭》：道教养生修仙专著，又名《黄庭经》《老子黄庭经》。

③ 元：通“原”。

Partridge in the Sky

Living between grey mist and setting sun,
I'm freed from all worldly cares one by one.
Drunk, I'll pass through
Groves of bamboo;
Books read, I would lie still
To contemplate the hill.

Why proud and bold?
Let me grow old
And wear, wherever I go, a smiling face!
Don't you know the Creator has the grace
To level heroes down to commonplace?

朝中措·梅

幽姿[①]不入少年场，无语只凄凉。
一个飘零身世，十分冷淡心肠。

江头月底，新诗旧梦，孤恨清香。
任是春风不管，也曾先识东皇[②]。

---

① 幽姿：美好的姿色。
② 东皇：司春之神。

Measures at Court

The Mume Blossom

Your lonely grace won't visit Vanity Fair;
Silent and sad, you do not care.
Like a wanderer you play your part
With an indifferent heart.

In moonlight by the stream,
With new verse and old dream,
I feel the grief your fragrance brings.
Uncared for by the vernal breeze on the wing,
You are the first to welcome spring.

钗头凤①

红酥手，黄縢酒②，满城春色宫墙柳。

东风③恶，欢情薄。一怀愁绪，几年离索。

错，错，错！

春如旧，人空瘦，泪痕红浥鲛绡④透。

桃花落，闲池阁。山盟虽在，锦书⑤难托。

莫，莫，莫！

---

① 钗头凤：词牌名。据五代无名氏《撷芳词》改易而成。因《撷芳词》中原有“都如梦，何曾共，可怜孤似钗头凤”之句，故取名《钗头凤》。陆游用《钗头凤》这一调名大约有两方面的含义：一是指自与唐琬仳离之后“可怜孤似钗头凤”；二是指仳离之前的往事“都如梦”一样地倏然而逝，未能共首偕老。因为这首词是咏调名本义的本事词，所以须首先交代一下词中本事。

② 红酥手，黄縢酒：红润酥腻的手捧着盛上黄縢酒的杯子。红酥，形容手柔软红润。

③ 东风：暗示陆游之母。

④ 鲛绡：鲛人（美人鱼）所织的绡纱。后以鲛绡泛指质地精美的薄纱。此处则指丝织的手帕。

⑤ 锦书：妻子给丈夫的书信为锦字、锦书。源出《晋书·窦滔妻苏氏传》。

Phoenix Hairpin

Pink hands so fine,
Gold-branded wine,
Spring paints the willows green palace walls can't confine.
East wind unfair,
Happy times rare.
In my heart sad thoughts throng;
We've severed for years long.
Wrong, wrong, wrong!

Spring is as green,
In vain she's lean.
Her kerchief soaked with tears and red with stains unclean.
Peach blossoms fall
Near deserted hall.
Our oath is still there. Lo!
No words to her can go.
No, no, no!

长相思

面苍然，鬓皤[①]然。

满腹诗书不直[②]钱。官闲常昼眠。

画凌烟，上甘泉。

自古功名属少年。知心惟杜鹃。

① 皤（pó）：白。多指须发、头发斑白的样子。

② 直：通“值”。

Everlasting Longing

With my face pale
And my hair grey
I'm versed in letters, but to what avail?
I have leisure to sleep by day.

You want to receive praise
And audience of the king?
Glory and fame belong to youth since olden days.
Better go home as cuckoos sing!

诉衷情

当年万里觅封侯，匹马戍梁州。
关河[①]梦断何处？尘暗旧貂裘[②]。

胡未灭，鬓先秋，泪空流。
此生谁料，心在天山[③]，身老沧洲[④]。

---

① 关河：泛指边地险要的战守之处。关，关塞。河，河防。

② 尘暗旧貂裘：传说苏秦十次游说秦王无成，回家时“黑貂之裘敝”（《战国策·秦策一》）。此处则是借苏秦之典故，以貂裘积满灰尘、陈旧变色，暗示自己长期不受重用，功业未成。

③ 心在天山：犹有万里从军之志。天山，汉唐时的边疆。此处指南宋与金国相持的西北前线。

④ 沧洲：靠水之地。陆游晚年退居山阴镜湖边的三山村。古时常用来泛指隐士居住之地。

Telling Innermost Feeling

Alone I went a thousand miles long, long ago
To serve in the army on the frontier.
Now to the fortress in dream I could not go,
Outworn my sable coat of cavalier.

The foe not beaten back,
My hair no longer black,
My tears have flowed in vain.
Who could have thought that in this life I would remain
With a mountain-high aim
But an old mortal frame!

唐琬

TANG WAN

作者简介

唐琬（1128—1156），又名婉，字蕙仙，越州山阴（今浙江绍兴）人。

唐琬嫁与陆游，婚后感情很好。然而唐琬的才华横溢，以及陆游耽于情爱引起了陆母的不满，陆母认为唐琬耽误陆游前程并且进门一年未有孕，命儿子休妻。陆游另筑别院安置唐琬，陆母察觉后，命娶王氏为妻。多年后，陆游去游览沈园，与唐琬偶然相遇，陆游为此写下《钗头凤·红酥手》，而回到家中的唐琬更是意绪难平，便和了《钗凤头·世情薄》。不久便郁郁而终。

钗头凤

世情薄，人情恶，雨送黄昏花易落。

晓风干，泪痕残。欲笺[①]心事，独语斜阑[②]。

难，难，难！

人成各，今非昨，病魂常似秋千索[③]。

角声寒，夜阑珊[④]。怕人寻问，咽泪装欢。

瞒，瞒，瞒！

① 笺：写出。

② 斜阑：指栏杆。

③ “病魂”句：身染重病，精神恍惚，似飘忽不定的秋千索。

④ 阑珊：衰残，将尽。

Phoenix Hairpin

The world unfair,True manhood rare.

Dusk melts away in rain and blooming trees turn bare.

Morning wind high, Tear traces dry.

I'd write to him what's in my heart;

Leaning on rails, I speak apart.

Hard, hard, hard!

Go each our ways! Gone are our days.

My sick soul groans like ropes of swing which sways,

The horn blows cold; Night has grown old.

Afraid my grief may be descried,

I try to hide my tears undried.

Hide, hide, hide!

范成大

FAN CHENGDA

作者简介

范成大（1126—1193），字至能，一字幼元，早年自号此山居士，晚号石湖居士，平江府吴县（今江苏苏州）人。南宋名臣、文学家、诗人。

宋高宗绍兴二十四年（1154年）进士。官至吏部尚书、参知政事。宋孝宗时出使金，不辱使命，全节而归。晚年归故里。卒后加赠少师、崇国公，谥号“文穆”，后世遂称其为“范文穆”。

素有文名，尤工于诗，为南宋诗坛四大家之一。他继承白居易、王建、张籍等人的现实主义精神，风格平易浅显、清新妩媚，自成一家。其作品影响甚深。亦工词，风格清逸婉峭。今有《石湖集》《石湖词》。存词一百余首。

南柯子

怅望梅花驿①，凝情杜若洲②。

香云低处有高楼，可惜高楼，不近木兰舟。

缄素双鱼③远，题红片叶④秋。

欲凭江水寄离愁，江水东流，那肯更西流。

---

① 梅花驿：寄送信件的驿站。驿，驿站，古时供官府信使中途换马和歇宿处。

② 杜若洲：长着杜若的水中小岛。语见《楚辞·九歌·湘君》："采芳洲兮杜若，将以遗兮下女。"此处指欲寄杜若给伊人以表情意。杜若，一种香草。

③ 双鱼：指书信。

④ 红片叶：此处代指书信。

Song of Golden Dream

Gazing on mume flowers,
I'll send love to the high towers,
Where fragrant clouds hang low and sweet blossoms blow,
What a pity that her tower's so high
That my orchid boat cannot come nigh!

Will the twin fish bring her word to my eye?
Will she write verse on a red autumn leaf?
I'll ask the stream to carry to her my lonely grief,
But eastward it will flow.
How can it westward go?

秦楼月

楼阴缺[①]，栏干影卧[②]东厢月。
东厢月，一天风露，杏花如雪。

隔烟催漏金虬咽[③]，罗帏黯淡灯花结[④]。
灯花结，片时春梦，江南天阔。

---

① 楼阴缺：高楼被树荫遮蔽，只露出未被遮住的一角。

② 栏干影卧：由于高楼东厢未被树荫所蔽，因此当月照东厢时，栏杆的影子就卧倒地上。

③ “隔烟”句：隔着烟雾，细听催促时光的漏壶，铜龙滴水，声如哽咽。烟，夜雾。金虬，造型为龙的铜漏，古代滴水计时之器。

④ 灯花结：灯芯烧结成花，旧俗以为有喜讯。

The Moon over the Tower

The balustrade
Of eastern bower casts its shade
In moonlight. In moonlight
The sky with breeze and dew is bright,
And apricot blossoms snow-white.

The sobbing golden dragon hastens the water clock
To drip beside the burner's smoke.
The silken curtain dim, candle flame forms a flower.
Candle flame forms a flower, a spring dream in an hour
Of southern riverside
And a sky far and wide.

游次公

YOU CIGONG

作者简介

游次公，生卒年不详，字子明，号西池，又号寒岩，建安（今福建建瓯）人，著名理学家游酢侄孙，礼部侍郎游操之子。

乾道末，为范成大幕僚，多有唱和，又曾为安仁令。淳熙十四年（1187年）以奉议郎通判汀州。

诗词皆工。今有《倡酬诗卷》。存词五首。

卜算子

风雨送人来，风雨留人住。

草草杯盘[①]话别离，风雨催人去。

泪眼不曾晴，眉黛[②]愁还聚。

明日相思莫上楼，楼上多风雨。

① 杯盘：指饮食。

② 眉黛：指眉，因古代女子以黛画眉。

Song of Divination

Spring wind and rain see you come nigh;
Spring wind and rain ask you to stay.
In haste over cups we say goodbye;
Spring wind and rain send you away.

Your tearful eyes are not yet dry;
Your green eyebrows frown in sorrow.
If you feel lovesick, do not go up high!
For wind and rain will rage tomorrow.

杨万里

YANG WANLI

作者简介

杨万里（1127—1206），字廷秀，号诚斋，自号诚斋野客，吉州吉水（今江西吉水）人，南宋文学家、官员。

宋高宗绍兴二十四年（1154年）举进士，历仕四朝，历任国子监博士、漳州知州、吏部员外郎、秘书监等。杨万里是主战派人物。晚年辞官而归，自此闲居乡里。开禧二年（1206年）卒于家中。赠光禄大夫，谥号“文节”。

杨万里的诗自成一家，诗风清新活泼，独具一格，形成对后世影响较大的“诚斋体”，与陆游、尤袤、范成大并称为南宋“中兴四大家”。其词清新自然，新鲜别致。今有《诚斋集》等。存词八首。

好事近

七月十三日夜登万花川谷①望月作。

月未到诚斋②，先到万花川谷。
不是诚斋无月，隔一林修竹③。

如今才是十三夜，月色已如玉。
未是秋光奇绝，看十五十六。

---

① 万花川谷：离诚斋书房不远处的一个花圃的名字。在吉水之东，作者居宅之上方。

② 诚斋：杨万里书房的名字。

③ 修竹：长长的竹子。

Song of Good Event

Viewing the Moon at the Vale of Flowers on the Night of the 13th Day of the 7th Moon

Before it peeps into the bowers,
The moon shines first in the Vale of Flowers.
Not that in my study I see no moonlight,
But that a grove of bamboos keeps it out of sight.

It's only the thirteenth day tonight,
The moon is already jade-white.
If you want to see it shed silver rays,
Come on the fifteenth and sixteenth days.

严蕊

YAN RUI

作者简介

严蕊，生卒年不详，原姓周，字幼芳。出身低微，后沦为台州营妓，改严蕊为艺名。南宋中期女词人。

严蕊自小习乐礼诗书，善操琴、弈棋、歌舞、丝竹、书画，学识通晓古今。其诗词语意清新，四方闻名，有不远千里慕名相访者。

如梦令

道是梨花不是，道是杏花不是。

白白[①]与红红[②]，别是东风[③]情味。

曾记，曾记。人在武陵[④]微醉。

---

① 白白：这里指白色的桃花。

② 红红：这里指红色的桃花。

③ 东风：春风。

④ 武陵：郡名，位于今湖南常德。陶渊明《桃花源记》曾写到武陵渔者发现世外桃源的事，此处的“武陵”也有世外桃源之意。

Dreamlike Song

What's wrong with flowers of the pear?

What's wrong with the apricot fair?

They are so red and white, so red and white

That the east wind is drunk with delight.

Do not forget,

Do not forget,

Tipsy on Peach Blossom Land, my sleeves were wet!

卜算子

不是爱风尘[①]，似被前缘[②]误。
花落花开自有时，总赖东君[③]主。

去也终须去，住也如何住！
若得山花插满头，莫问奴归处。

① 风尘：古时称妓女生涯为堕落风尘，妓女为风尘女子。
② 前缘：前世的因缘，即命中注定。
③ 东君：传说中的司春之神，主管花开花落。这里借指主管妓女的地方官吏。

Song of Divination

Is it a fallen life I love?
It's the mistake of Fate above.
In time flowers blow, in time flowers fall;
It's all up to the east wind, all.

By fate I have to go my way;
If not, where can I stay?
If my head were crowned with flowers,
Do not ask me where are my bowers!

张孝祥

ZHANG XIAOXIANG

作者简介

张孝祥（1132—1170），字安国，别号于湖居士，历阳乌江（今安徽和县）人，卜居明州鄞县（今浙江宁波），南宋著名词人、书法家。唐代诗人张籍的七世孙。

宋高宗绍兴二十四年（1154年）进士第一。历任秘书郎、中书舍人等。后在建康（今江苏南京）留任，支持张浚北伐计划，遭主和派打击罢官。复官后，知荆南、荆湖北路安抚使，储粮筑堤，除荆州水患。

善诗文，尤工于词。其词风宏伟豪放，极力追崇苏轼，为“豪放派”代表作家之一，与张元幹是南宋初期词坛的杰出代表。今有《于湖集》《于湖词》。

浣溪沙

霜日明霄水蘸空[①]，鸣鞘声[②]里绣旗[③]红。

澹烟衰草有无中[④]。

万里中原烽火北，一尊浊酒戍楼东。

酒阑挥泪向悲风。

---

① “霜日”句：秋日天空明净，远水蘸着长空。霜日，指秋天。明霄，明净的天空。水蘸空，指远方的湖水和天空相接。

② 鸣鞘声：指行军时用力挥动马鞭发出的声音。鞘，鞭鞘，此处指马鞭。

③ 绣旗：绣有图案的军旗。

④ 有无中：若有若无。

Silk-Washing Stream

On frosty day the sky seems steeped in water clear;
The brandished whip amid red banners whistles, hear!
The mist-veiled withered grass appears and disappears.

The Central Plain for miles burns with the beacon fire;
East of the watch tower I drink a cup of wine dire.
Drunken against the grievous wind, I shed sad tears.

西江月·阻风山峰[1]下

满载一船秋色，平铺十里湖光。
波神留我看斜阳，放起鳞鳞[2]细浪。

明日风回[3]更好，今宵露宿何妨。
水晶宫里奏霓裳[4]，准拟岳阳楼上。

---

① 山峰：指黄陵山。黄陵山位于湖南湘阴县北洞庭湖边。湘水由此入湖。相传山上有舜之二妃娥皇、女英的庙，世称黄陵庙。（词题一作“黄陵庙”，词句也稍有差异）

② 鳞鳞：形容波纹细微如鱼鳞。

③ 风回：指风向转为顺风。

④ “水晶”句：水中的宫殿像是在演奏《霓裳羽衣曲》。水晶宫，传说水中的宫殿。霓裳，即《霓裳羽衣曲》，唐代著名乐舞名。

The Moon over the West River

Halted by the Wind at the Foot of Three Peaks

My boat is fully loaded with autumn hue,
The lake is paved for miles with shimmering view,
The God of Waves at sunset retains me to see
The scalelike ripples he sets free.

It's better if the wind abates tomorrow.
If not, I'll sleep in open air without sorrow.
In crystal palace is performed the rainbow dance.
Be sure to Lakeside Tower we advance.

卜算子

风生杜若洲，日暮垂杨浦。

行到田田乱叶边，不见凌波女[①]。

独自倚危栏，欲向荷花语。

无奈荷花不应人，背立啼红雨。

① 凌波女：指荷花仙子。

Song of Divination

The wind spreads on the isle a fragrant smell;
The sun sets over the ferry with a willow tree.
I come near lotus leaves outspread pellmell.
But where is she who gathers lotus seed with glee?

Alone I lean against the tower high,
And I would talk to the lotus flower.
But what can I do now it won't reply
But turns and sheds red petals in shower?

辛弃疾

XIN QIJI

作者简介

辛弃疾（1140—1207），原字坦夫，后改幼安，中年后别号稼轩，历城（今山东济南）人。南宋官员、将领、文学家。

辛弃疾出生时，中原已为金兵所占。二十一岁参加抗金义军，不久归南宋。历任湖北、江西、湖南、福建、浙东安抚使等职。一生力主抗金。曾作《美芹十论》与《九议》，提出抗金和收复中原计划，但遭冷遇。由于抗金主张遭主和派打击落职，闲居江西信州（今江西上饶），晚年忧愤而终。

工词，独创“稼轩体”，有“词中之龙”之称。与苏轼合称“苏辛”，与李清照并称“济南二安”。其词题材广阔，善用典，思笔纵横，气势雄健，风格沉雄豪迈又不乏细腻柔媚之处。今存词六百余首，为两宋词人之冠。

摸鱼儿[①]

淳熙己亥，自湖北漕[②]移湖南，同官王正之[③]置酒小山亭，为赋。

更能消、几番风雨，匆匆春又归去。
惜春长怕花开早，何况落红无数！
春且住，见说道、天涯芳草无归路。
怨春不语。算只有殷勤，画檐蛛网，尽日惹飞絮[④]。

---

① 摸鱼儿：词牌名，又名《买陂塘》《迈陂塘》《双蕖怨》《山鬼谣》等。以晁补之词《摸鱼儿·买陂塘》为正体，双调一百十六字，上片十句六仄韵，下片十一句七仄韵。另有双调一百十四字、一百十七字。

② 漕：漕司的简称，指转运使。

③ 同官王正之：湖北有东西二漕，王正己任东漕，稼轩任西漕，故曰‘同官’。王正之，名正己，是作者旧交。

④ “算只”三句：想来只有檐下蛛网还殷勤地沾惹飞絮，留住春色。

长门[5]事，准拟佳期又误。蛾眉曾有人妒。

千金纵买相如赋，默默此情谁诉？

君[6]莫舞，君不见、玉环飞燕[7]皆尘土？

闲愁最苦！休去倚危栏，斜阳正在，烟柳断肠处。

⑤ 长门：汉代宫殿名，武帝皇后失宠后被幽闭于此。

⑥ 君：指善妒之人。

⑦ 玉环飞燕：指杨玉环、赵飞燕，皆貌美善妒。

Groping for Fish

How much more can spring bear of wind and rain?
Too hastily it will leave again.
Lovers of spring would fear to see the flowers red
Budding too soon and fallen petals too widespread.
O spring, please stay!
I've heard it said that sweet grass far away
Would stop you from seeing your returning way.
But I've not heard Spring say a word.
Only the busy spider weaves
Webs all day long by painted eaves
To keep the willow down from taking leave.

Could a disfavored consort again to favor rise?
Could beauty not be envied by green eyes?
Even if favor could be bought back again,
To whom of this unanswered love can she complain?

Do not dance then!

Have you not seen

Both plump and slender beauties turn to dust?

Bitter grief is just

That you can't do

What you want to.

Oh, do not lean

On overhanging rails where the setting sun sees

Heartbroken willow trees!

菩萨蛮·书江西造口[①]壁

郁孤台下清江水[②]，中间多少行人泪。
西北望长安[③]，可怜无数山。

青山遮不住，毕竟东流去。
江晚正愁余[④]，山深闻鹧鸪[⑤]。

---

① 造口：一名皂口，位于江西万安。

② “郁孤”句：郁孤台下这赣江的水。郁孤台，又名望阙台，位于今江西赣州，因“隆阜郁然，孤起平地数丈”得名。清江，赣江与袁江合流处古称清江。

③ 长安：今陕西省西安市，为汉唐故都。此处代指宋都汴京。

④ 愁余：一作愁予，使我发愁。

⑤ 鹧鸪：鸟名。传说其叫声如云“行不得也哥哥”，啼声凄苦。

Buddhist Dancers

Writen on the Wall of Zaokou, Jiangxi

Below the Gloomy Terrace flow two rivers clear.
How many tears of refugees are swallowed here!
I gaze afar on land long lost in the northwest,
Alas! I see but mountain crest on mountain crest

Blue mountains can't stop water flowing;
Eastward the river keeps on going.
At dusk it makes me weep
To hear partridges in mountains deep.

祝英台近[①]·晚春

宝钗分[②]，桃叶渡[③]，烟柳暗南浦[④]。
怕上层楼，十日九风雨。
断肠片片飞红，都无人管，更谁劝、啼莺声住？

鬓边觑[⑤]，试把花卜归期[⑥]，才簪又重数。
罗帐灯昏，哽咽梦中语：
是他春带愁来，春归何处？却不解、带将愁去。

---

① 祝英台近：词牌名，又名《祝英台》《祝英台令》《怜薄命》《月底修箫谱》等。以程垓《祝英台近·坠红轻》为正体，双调七十七字。

② 宝钗分：古代男女分别，有分钗赠别的习俗，即夫妇离别之意，南宋犹盛此风。钗，女子头饰物。

③ 桃叶渡：在南京秦淮河与青溪合流之处。晋王献之送别爱妾桃叶之处。后人用以泛指男女送别之处。

④ 南浦：水边，泛指送别的地方。

⑤ 鬓边觑：取下鬓边戴的花细看。觑，细看，斜视之意。

⑥ 把花卜归期：用花瓣的数目，占卜丈夫归来的日期。

Slow Song of Zhu Yingtai

Late Spring

Ever since we parted
At Ferry of Peach Leaf,
The willow-darkened southern bank's been drowned in grief
I dread to go upstairs again;
Nine days in ten are filled with wind and rain.
So, broken-hearted,
I see red petals fall one by one,
Uncared for, and there's none
To plead with orioles singing all the day long
To still their song.

Peering at flowered hairpin on my head,
I take it down to count the petals red
So that I may anticipate

His returning date,

Till lamplight flickers on my curtained bed.

Words choked in my dream upon

My lips: "Oh, grief has come with spring, I say,

Now spring is gone,

Why won't it carry grief away?"

清平乐·村居

茅檐低小，溪上青青草。
醉里吴音[①]相媚好[②]，白发谁家翁媪[③]？

大儿锄豆溪东，中儿正织鸡笼。
最喜小儿亡赖[④]，溪头卧剥莲蓬。

---

① 吴音：此处指江西上饶一带的口音。词人此时在此地居住。因为古时上饶属于吴国，所以称为吴音。

② 相媚好：相互逗趣、取乐，形容亲热和睦。

③ 翁媪：老翁、老妇。

④ 亡赖：这里指小孩顽皮、淘气。亡，通“无”。

Pure Serene Music

The thatched roof slants low,
Beside the brook green grasses grow.
Who talks with drunken Southern voice to please?
White-haired man and wife at their ease.

East of the brook their eldest son is hoeing weeds;
Their second son now makes a cage for hens he feeds.
How pleasant to see their spoiled youngest son who heeds
Nothing but lies by brookside and pods lotus seeds!

清平乐·独宿博山[①]王氏庵

绕床饥鼠，蝙蝠翻灯舞[②]。
屋上松风吹急雨，破纸窗间自语[③]。

平生塞北[④]江南，归来华发苍颜[⑤]。
布被秋宵梦觉，眼前万里江山。

① 博山：古名通元峰，位于今江西省广丰县，由于其形状像庐山香炉峰，故改为博山。

② 翻灯舞：形容围着灯来回飞。

③ “破纸”句：窗纸被风撕破，瑟瑟作响，好像自言自语。

④ 塞北：泛指中原地区。据《美芹十论》，词人自谓南归前曾受祖父派遣两次去燕京观察形势。

⑤ “归来”句：归隐山林时已是容颜衰老，白发苍苍。淳熙八年冬，词人被劾，后归隐。

Pure Serene Music

Stay alone at WangShi Hut in Tong Yuan Hill

Around the bed run hungry rats;
In lamplight to and fro fly bats.
On pine-shaded roof the wind and shower rattle;
The window paper scraps are heard to prattle.

I roam from north to south, from place to place,
And come back with grey hair and wrinkled face.
I woke up in thin quilt on autumn night;
The boundless land I dreamed of still remains in sight.

西江月·夜行黄沙[1]道中

明月别枝[2]惊鹊，清风半夜鸣蝉。

稻花香里说丰年，听取[3]蛙声一片。

七八个星天外，两三点雨山前。

旧时茅店[4]社林[5]边，路转溪桥忽见。

① 黄沙：即黄沙岭，位于今江西上饶。高曰十五丈，辛弃疾曾在此处建书堂。

② 别枝：离开枝头。

③ 听取：听到。

④ 茅店：客店，酒馆。

⑤ 社林：指土地庙附近的树林。社，祭祀土地神的场所。

The Moon over the West River

Huangsha Road at Night

Startled by magpies leaving the branch in moonlight,
I hear cicadas shrill in the breeze at midnight.
The ricefields' sweet smell promises a bumper year;
Listen, how frogs' croaks please the ear!

Beyond the clouds seven or eight stars twinkle;
Before the hills two or three raindrops sprinkle.
There is an inn beside the village temple. Look!
The winding path leads to the hut beside the brook.

西江月·遣兴[①]

醉里且贪欢笑，要愁那[②]得工夫。
近来始觉古人书，信著全无是处[③]。

昨夜松边醉倒，问松我醉何如。
只疑松动要来扶，以手推松曰“去”[④]！

---

① 遣兴：遣发意兴，抒写意兴。

② 那：通“哪”。

③ “近来”二句：语本《孟子·尽心下》：“尽信书，则不如无书。”

④ “以手”句：套用《汉书·龚胜传》：“胜以手推（夏侯）常曰：‘去’。”

The Moon over the West River

Written at Random

Drunken, I'd laugh my fill,

Having no time to be grieved.

Books of the ancients may say what they will;

They cannot be wholly believed.

Drunken last night beneath a pine tree,

I ask if it liked me so drunk.

Afraid it would bend to try to raise me,

"Be off!" I said and pushed its trunk.

贺新郎[①] · 甚矣吾衰矣

邑[②]中园亭，仆皆为赋此词。一日，独坐停云[③]，水声山色，竞来相娱。意溪山欲援例者，遂作数语，庶几仿佛渊明思亲友之意云。

甚矣吾衰矣。怅平生、交游零落，只今余几！

白发空垂三千丈，一笑人间万事。

问何物、能令公喜？

我见青山多妩媚，料青山见我应如是。

情与貌，略相似。

---

① 贺新郎：词牌名，又名《贺新凉》《金缕曲》《金缕词》《金缕歌》《风敲竹》《乳燕飞》《貂裘换酒》等。以叶梦得《贺新郎·睡起流莺语》为正体，双调一百十六字，上下片各十句，六仄韵。

② 邑：县邑，此处指铅山县。辛弃疾在带湖居所失火之后举家迁于此。

③ 停云：指辛弃疾在瓢泉所筑的停云堂。

一尊搔首东窗④里。想渊明、《停云》诗就，此时风味。

江左⑤沉酣求名者，岂识浊醪⑥妙理。

回首叫、云飞风起。

不恨古人吾不见，恨古人不见吾狂耳。

知我者，二三子⑦。

④ 搔首东窗：借指陶潜《停云》诗就，自得之意。

⑤ 江左：原指江苏南部一带，此指南朝之东晋。

⑥ 浊醪：浊酒。

⑦ “知我”二句：化用《论语》的典故“二三子以我为隐乎”。

Congratulations to the Bridegroom

That I should have aged so!
And my fellows, alas! how many still remain?
Life spent with naught to show
But hair turned silvery in vain.
Yet with a smile I part
With all that is mundane,
Whereof nothing gladdens the heart.
Charming are mountains green.
I would expect the feeling to be Mutual,
For we are somewhat alike, in mood and mien.

As I sit at the east window, goblet in hand,
My thoughts go to that poet of Peach Blossom Land,
Who bemoaned scattered friends under towering cloud.

He was the philosophic drinker true,
Unlike those who
Of fickle fame felt proud.
I turn back crying;
An angry blast be raised and dark clouds flying!
It matters little I can’t see the men of old;
Rather a pity they cannot see me!
But even my contemporaries, all told,
How many of them really know me?
But two or three.

丑奴儿·书博山道中壁

少年不识愁滋味[①]，爱上层楼。
爱上层楼，为赋新词强说愁[②]。

而今识尽愁滋味，欲说还休[③]。
欲说还休，却道天凉好个秋。

---

① “少年”句：年少时不知道忧愁的滋味。少年，指年轻的时候。不识，不懂。

② 强说愁：无愁而勉强说愁。古代诗歌多有“以悲为美”的习惯，故而词人为赋新词，要勉强说愁。

③ 欲说还休：表达的意思可以分为两种，一是男女之间难于启齿的感情；二是内心有所顾虑而不敢表达。休，停止。

Song of Ugly Slave

Write on a wall in Mountain Bo

While young, I knew no grief I could not bear;
I'd like to go upstair.
I'd like to go upstair,
To write new verses with a false despair.

I know what grief is now that I am old;
I would not have it told.
I would not have it told,
But only say I'm glad that autumn's cold.

鹧鸪天

有客慨然谈功名，因追念少年时事，戏作。

壮岁旌旗拥万夫，锦襜突骑渡江初。
燕兵夜娖[①]银胡𩨉[②]，汉箭朝飞金仆姑。

追往事，叹今吾，春风不染白髭须[③]。
却将万字平戎策，换得东家种树书。

---

① 娖（chuò）：整理。

② 银胡𩨉（lù）：银色或镶银的箭袋。一种用皮制成的测听器，军士枕着它，可以测听三十里内外的人马声响。

③ 髭须：嘴上边的胡须。

Partridge in the Sky

While young, beneath my flag I had ten thousand knights;
With these outfitted cavaliers I crossed the river.
The foe prepared their silver shafts during the nights;
During the days we shot arrows from golden quiver.

I can't call those days back
But sigh over my plight;
The vernal wind can't change my hair from white to black.
Since thwarted in my plan to recover the lost land,
I'd learn from neighbors how to plant fruit trees by hand.

卜算子·齿落

刚者不坚牢，柔者难摧挫。

不信张开口角看，舌在牙先堕。

已阙[①]两边厢[②]，又豁中间个。

说与儿曹[③]莫笑翁，狗窦[④]从[⑤]君过。

① 阙：同“缺”。

② 两边厢：两旁，两侧。

③ 儿曹：指晚辈的孩子们。

④ 狗窦：狗洞。

⑤ 从：任凭。

Song of Divination

The hard may not be strong,
While the soft may last long
Look into my open mouth if you think me wrong:
The teeth are lost before the tongue.

Side teeth all gone, behold!
I lose a middle one anew.
I tell the young not to laugh at the old;
I'll pass through the dog's hole with you.

水龙吟·登建康赏心亭[①]

楚天千里清秋，水随天去秋无际。
遥岑[②]远目，献愁供恨，玉簪螺髻[③]。
落日楼头，断鸿声里，江南游子，
把吴钩看了，阑干拍遍，无人会、登临意。

休说鲈鱼堪脍[④]，尽西风，季鹰归未。
求田问舍，怕应羞见，刘郎[⑤]才气。
可惜流年，忧愁风雨，树犹如此。
倩[⑥]何人，唤取红巾翠袖[⑦]，揾英雄泪？

---

① 赏心亭：北宋丁谓所建。据《景定建康志》载："赏心亭在（城西）下水门城上，下临秦淮，尽观赏之胜。"

② 遥岑：远山。

③ 玉簪螺髻：此处指高矮和形状各不相同的山岭。螺髻，像海螺形状的发髻。

④ 鲈鱼堪脍：用西晋季鹰（张翰，字季鹰）典。《世说新语·识鉴篇》记载：张翰在洛阳做官，在秋季西风起时，想到家乡莼菜羹和鲈鱼脍的美味，便立即辞官回乡。后文人以莼鲈之思隐喻思念家乡、弃官归隐。

⑤ 刘郎：指刘备。

⑥ 倩（qìng）：请。

⑦ 红巾翠袖：女子装饰，代指女子。

Water Dragon Chant

Mount the Shangxin Arbour in Jiankang City

The southern sky for miles and miles in autumn dye
And boundless autumn water spread to meet the sky.
I gaze on far-off northern hills
Like spiral shells or hair decor of jade,
Which grief or hatred overfills.
Leaning at sunset on balustrade
And hearing a lonely swan's song,
A wanderer on southern land,
I look at my precious sword long
And pound all the railings with my hand,
But nobody knows why
I climb the tower high.

Don't say for food
The perch is good!
When west winds blow,
Why don't I homeward go?
I'd be ashamed to see the patriot,
Should I retire to seek for land and cot.
I sigh for passing years I can't retain;
In driving wind and blinding rain
Even an old tree grieves.
To whom then may I say
To wipe my tears away
With her pink handkerchief or her green sleeves?

武陵春

走去走来三百里，五日以为期。
六日归时已是疑[1]，应是望多时。

鞭个马儿归去也，心急马行迟。
不免相烦喜鹊儿[2]，先报那人知。

① “五日”二句：化用《诗经·采绿》：“五日为期，六日不詹。”
② “不免”句：古有喜鹊报喜的说法。

Spring in Peach Grove

"Just a round trip of three hundred li,
Be back in five days," she asked me.
Now I am overdue one day,
Which must mean for her long hours of delay.

"Giddap!" My galloping horse seems too slow,
For impatient I grow.
I shout to a passing magpie,
"Go quick! Tell her I'm coming. Fly!"

最高楼[①]

吾拟乞归，犬子以田产未置止我，赋此骂之。

吾衰矣，须富贵何时？富贵是危机。
暂忘设醴[②]抽身去，未曾得米弃官归[③]。
穆先生，陶县令，是吾师。
待葺[④]个园儿名佚老[⑤]，更作个亭儿名亦好。
闲饮酒，醉吟诗。
千年田换八百主，一人口插几张匙。
便休休[⑥]，更说甚[⑦]，是和非！

---

① 最高楼：词牌名，又名《最高春》《醉亭楼》《醉高楼》。以辛弃疾《最高楼·客有败棋者代赋梅》为正体，双调八十一字，上片八句四平韵，下片八句两仄韵、三平韵。另有双调八十二字。

② 醴：甜酒。

③ 得米弃官归：此处用典。陶渊明任彭泽县令时，曾有上司派督邮来县，吏请以官带拜见。渊明叹曰："我不能为五斗米折腰向乡里小人。"于是解印去职，并赋《归去来兮辞》，以明弃官归隐之志。

④ 葺：修缮。

⑤ 佚老：安乐闲适地度过晚年。

⑥ 休休：罢了，此处含退隐之意。

⑦ 甚：什么。

The Highest Tower

I am old now.
Do I care for wealth and rank the world prizes?
Wealth and rank would lead to crisis.
Mu left the king who neglected to serve him wine,
And Tao would not bow for his stipend but resign.
Master Mu,
Prefect Tao,
I'll learn from you.

I'll build a garden called "Recluse"
And a pavilion where I may do what I choose.
I'll drink at leisure
And chant with pleasure.
Land changes hands from year to year in north and south.
How many spoonfuls could one put at once in his mouth?
Stop your old song!
Do not tell me what's right or wrong!

陈亮

CHEN LIANG

作者简介

陈亮（1143—1194），原名陈汝能，后改名陈亮，字同甫（一作父），号龙川先生，婺州永康（今浙江永康）人。南宋思想家、文学家。

宋光宗绍熙四年（1193年）进士。为人意气慷慨，好谈兵，大半生多为幕客，力主抗金并多次上书言事，后曾两次被诬入狱。淳熙五年（1178年）结识辛弃疾，成为挚友。晚年擢中进士后，授建康军判官，上任途中病逝。谥号“文毅”。

所作政论气势纵横，词作豪放，受辛弃疾影响颇深。今有《龙川文集》《龙川词》。存词七十四首。

好事近·咏梅

的皪[①]两三枝，点破暮烟[②]苍碧。

好在屋檐斜入，傍玉奴[③]横笛。

月华如水过林塘，花阴弄苔石。

欲向梦中飞蝶[④]，恐幽香难觅。

---

① 的皪（lì）：光亮，鲜明。

② 暮烟：傍晚的烟雾。

③ 玉奴：指美女。

④ 飞蝶：用梁祝之典故。

Song of Good Event

Mume Blossoms

Two or three branches bright
Pierce through the misty green of twilight,
And slant under the eaves towards the maid
Playing on flute of jade.

Passing over wood and pool, waterlike moonlight
Plays with mossy stones in flowers' shade
I try to find in dreams the flying butterfly,
But I'm afraid its sweet fragrance has fled on high.

虞美人·春愁

东风荡飏[①]轻云缕[②]，时送萧萧雨。
水边台榭燕新归，一点香泥，湿带落花飞。

海棠糁[③]径铺香绣[④]，依旧成春瘦[⑤]。
黄昏庭院柳啼鸦，记得那人，和月折梨花[⑥]。

---

① 荡飏（yáng）：飘扬，飘荡。
② 缕：形容一条一条的。
③ 糁（sǎn）：掺和。
④ 香绣：这里指海棠花瓣。
⑤ 成春瘦：花落则春光减色，有如人之消瘦，此言春亦兼及人。
⑥ “和月”句：极言人与境界之实。

The Beautiful Lady Yu

Grief in Spring

Light fleecy clouds floating in the east breeze
Bring drizzling rain down now and then.
To waterside pavilion swallows come again,
And pecking a clod of fragrant clay,
They fly with falling petals on the way.

The pathway strewn with crabapple blooms like brocade
Still shows slender spring fade.
At dusk in the courtyard crows caw amid willow trees.
I remember my love, it seems,
Picking pear blossoms with moonbeams.

刘过

LIU GUO

作者简介

刘过（1154—1206），字改之，号龙洲道人，吉州太和（今江西泰和）人，南宋文学家。

四次应举不第，屡次上书朝廷力陈恢复方略，未被采纳。布衣终身，游于江浙，逝于江苏昆山。

与陆游、辛弃疾、陈亮、岳珂等人交游，常以词唱和。词风与辛弃疾相近，与刘克庄、刘辰翁有“辛派三刘”之誉。其词峻拔豪放，多写政治抱负和抒发怀才不遇的感慨，也有抒发抗金抱负之词。今存词七十余首。

沁园春

寄辛承旨。时承旨招，不赴。

斗酒彘肩[①]，风雨渡江，岂不快哉！
被香山居士[②]，约林和靖[③]，与坡仙老[④]，驾勒吾回。
坡谓西湖，正如西子，浓抹淡妆临镜台。
二公者，皆掉头不顾，只管衔杯。

白云天竺去来，图画里、峥嵘楼观开。
爱东西双涧，纵横水绕；两峰南北，高下云堆。
逋曰不然，暗香浮动，争似孤山先探梅。
须晴去，访稼轩未晚，且此徘徊。

---

① 斗酒彘肩：《史记》载，樊哙见项王，项王赐予斗卮酒与彘肩。斗酒，一大斗酒。彘肩，猪前肘。

② 香山居士：白居易晚年自号香山居士。

③ 林和靖：林逋，字和靖。

④ 坡仙老：苏轼自号东坡居士，后人称坡仙。

Spring in a Pleasure Garden

Apology for Declining Xin's Invitation

How happy we should be
If I could be free
To cross the river in wind and rain,
Gorge a hogs leg and drink with you a cask of wine!
But Bai, Lin, Su, three poets, did retain
Me from going. Su said, "See West Lake, rain or shine,
Like Beauty of the West,
Richly or plainly drest!"
But Bai and Lin turned their head
Down or up,
And only drank till their faces turned red,
And filled again their cup.

Bai said, "It's better to Visit the Heavenly Bamboo,
Where picturesque tower stands proud,
Two crisscrossed creeks flow east and west;
And southern peak and northern crest
Command high and low floating cloud."
Lin said, "It's not so good as Lonely Hill
With its mume flowers in full bloom,
Their fragrance floating in the gloom.
Why not decline
Xin's invitation till the day turns fine?
Here and now let's enjoy our fill!"

天仙子[1]·初赴省别妾

别酒醺醺客易醉，回过头来三十里。

马儿只管去如飞，

牵一会，坐一会，断送杀人山共水。

是则青衫终可喜，不道恩情拚得未。

雪迷村店酒旗斜。

去也是，住也是，住也是，烦恼自家烦恼你。

① 刘过深受辛弃疾的影响，是豪放派词人的中坚力量之一。这首词是刘过赶考，与自己的妾室道别而作，表达了一种柔情，体现了刘过豪放词之外的一种婉约、娟秀。

Song of Immortals

Farewell to My Love

It's easy to get drunk with wine of adieu.
Turning my head, I find thirty miles out of view.
My steed won't stop but fly from mile to mile;
I hold its halter for a while,
And sit down for a while.
What can I do when severed by hills and rills from you!

Though glorious task should be undertaken,
How can love be forsaken?
The streamer of mist-veiled wine shop slants away.
I may forward go,
Or I may stay, I may stay.
To go or stay is for you as for me the same woe.

唐多令[①]·芦叶满汀洲

安远楼小集[②]，侑觞歌板之姬[③]黄其姓者，乞词于龙洲道人[④]，为赋此《唐多令》。同柳阜之、刘去非、石民瞻、周嘉仲、陈孟参、孟容。时八月五日也。

芦叶满汀洲，寒沙带浅流。二十年重过南楼[⑤]。
柳下系船犹未稳，能几日，又中秋。

黄鹤断矶[⑥]头，故人今在否？旧江山浑是新愁。
欲买桂花同载酒，终不似，少年游。

---

① 唐多令：词牌名，也写作《糖多令》，又名《南楼令》，双调，六十字，上下片各四平韵，亦有上片第三句加一衬字者。

② 安远楼小集：安远楼聚会。安远楼，位于武昌黄鹄山上。当时武昌是南宋和金人交战的前方。下文“南楼”亦是指安远楼。小集，小聚。

③ 侑觞歌板之姬：宴会上劝酒、执板奏乐的歌女。

④ 龙洲道人：刘过自称。

⑤ “二十”句：安远楼初建时，刘过曾到过此地。过了一段“彩云重叠拥娉婷，席间谈笑觉风生”的豪放生活。

⑥ 黄鹤断矶：即黄鹤矶，位于武昌城西，上有黄鹤楼。

Song of Mode Sugar

Reeds overspread the small island;
A shallow stream girds the cold sand.
After twenty years
I pass by the Southern Tower again.
How many days have passed since I tied my boat
Beneath the willow tree! But Mid-Autumn Day nears.

On broken rocks of Yellow Crane,
Do my old friends still remain?
The old land is drowned in sorrow new.
Even if I can buy laurel wine for you
And get afloat,
Could our youth renew?

姜夔

JIANG KUI

作者简介

姜夔（约1155—1209），字尧章，号白石道人，饶州鄱阳（今江西鄱阳）人。南宋文学家、音乐家，被誉为中国古代十大音乐家之一。

姜夔出身破落官宦之家，少时孤贫，后屡试不第，终身未仕，转徙江湖，靠卖字和朋友接济为生。晚年旅居浙东一带，逝于西湖。

作品以空灵含蓄著称，姜夔对诗词、散文、书法、音乐无不精善，是继苏轼之后又一难得的艺术全才。词风清空，为南宋典雅词派典范，影响后世深远，其词题材广泛，有感时、抒怀、咏物、恋情、写景、记游、节序、交游、酬赠等。在词中抒发感时伤世的思想，以及超凡脱俗、飘然不群，有如孤云野鹤般的个性。今有《白石词》。存词八十余首。

点绛唇·丁未冬过吴松[1]作

燕雁无心[2]，太湖西畔随云去。
数峰清苦，商略[3]黄昏雨。

第四桥[4]边，拟共天随[5]住。
今何许？凭阑怀古，残柳参差舞。

① 吴松：位于今吴江市，属江苏省。
② 燕雁无心：北方的飞鸟无忧无虑，自由自在。
③ 商略：商量。
④ 第四桥：指吴松城外的甘泉桥。
⑤ 天随：晚唐陆龟蒙自号天随子。

Rouged Lips

Passing by Wusong in the Winter of 1187

The heartless swallows and wild geese
Fly away west of the lake with the cloud and breeze.
Peak on peak grizzles
In dread of evening drizzles.

Beside the Fourth Bridge,
I would follow poets of days gone by.
How are they today?
Leaning on rails, I sigh.
High and low withered willows swing and sway.

忆王孙·鄱阳彭氏小楼作

冷红[①]叶叶下塘秋，长与行云共一舟。

零落江南不自由。

两绸缪[②]，料得吟鸾[③]夜夜愁。

① 冷红：指枫叶。

② 绸缪：指感情缠绵深厚，不能分解。

③ 吟鸾：古人常以鸾凤喻夫妇。此处词人用以指妻子。

The Prince Recalled

Written at Peng's Bower at Poyang

Red maple trees bring autumn cool

Leaf on leaf to the pool.

I always share my boat

With clouds which float.

Roaming on Southern shore, I can't be free.

I long for you as you for me.

I know my singing mate must be

In this sad plight night after night.

鹧鸪天·元夕[①]有所梦

肥水[②]东流无尽期，当初不合种相思[③]。
梦中未比丹青见，暗里忽惊山鸟啼。

春未绿，鬓先丝，人间别久不成悲。
谁教岁岁红莲夜[④]，两处沉吟各自知。

---

① 元夕：即正月十五元宵节。

② 肥水：河流名，源出安徽合肥紫蓬山，东南流经将军岭，至施口入巢湖。

③ 种相思：结下相思之情。意即当初不应该动情，动情后不该分别。

④ 红莲夜：元夕之夜。红莲，指花灯。

Partridge in the Sky

A Dream on the Night of Lantern Festival

The endless River Fei to the east keeps on flowing;
The love seed we once sowed forever keeps on growing.
Your face I saw in dream was not clear to my eyes
As in your portrait, soon I am wakened by birds' cries.

Spring not yet green,
My grey hair seen,
Our separation's been too long to grieve the heart.
Why make the past reappear
Before us from year to year
On Lantern Festival when we are far apart!

踏莎行

自沔东来，丁未元日至金陵，江上感梦而作。

燕燕轻盈，莺莺娇软，分明又向华胥[①]见。
夜长争得薄情知？春初早被相思染。

别后书辞，别时针线，离魂暗逐郎行远。
淮南[②]皓月冷千山，冥冥[③]归去无人管。

① 华胥：梦境。
② 淮南：此处指合肥。
③ 冥冥：自然界的幽暗深远。

Treading on Grass

Light as a swallow's flight,
Sweet as an oriole's song,
Clearly I saw you again in dream,
How could you know my endless longing night?
Early spring dyed in grief strong.
Your letter broken-hearted,
Your needlework done when we parted,
And your soul secretly follows me.
Over the southern stream
The bright moon chills
A thousand hills.
How can your lonely soul go back without company?

浣溪沙

予女媭家沔之山阳，左白湖，右云梦，春水方生，浸数千里，冬寒沙露，衰草入云。丙午之秋，予与安甥或荡舟采菱，或举火罝兔，或观鱼簺下；山行野吟，自适其适；凭虚怅望，因赋是阕。

著酒行行[①]满袂[②]风，草枯霜鹘[③]落晴空。
销魂[④]都在夕阳中。

恨入四弦[⑤]人欲老，梦寻千驿[⑥]意难通。
当时何似莫匆匆。

---

① 著酒行行：带着微醉的酒意不停地漫步。著酒，喝了酒的意思。行行，不停地行走。

② 袂：衣袖。

③ 鹘：一种鸷鸟，一说即隼。霜鹘，即秋天下霜后的这种猛禽。

④ 销魂：形容忧伤愁苦的样子。一说指离别感伤。

⑤ 四弦：指琵琶。梁简文帝《生别离》：“别离四弦声，相思双笛引。”此用其意，暗指离别的思念。

⑥ 千驿：形容路远。驿，驿站，古代传递邮件的公干人员往来住宿之所。

Silk-Washing Stream

Tipsy, my sleeves filled with breeze, I go on and on;
From sunny sky to withered grass eagles fly down.
My heart is broken to see the setting sun frown.

The grief dissolved in my four strings has oldened me;
From dreaming of you far away I can't be free.
Why should I have left you so soon, so hastily?

扬州慢[①]

淳熙丙申至日，予过维扬。夜雪初霁，荠麦弥望。入其城，则四顾萧条，寒水自碧，暮色渐起，戍角悲吟。予怀怆然，感慨今昔，因自度此曲。千岩老人以为有《黍离》之悲也。

淮左名都[②]，竹西佳处，解鞍少驻[③]初程。
过春风十里[④]，尽荠麦青青。
自胡马窥江[⑤]去后，废池乔木，犹厌言兵。
渐黄昏，清角吹寒，都在空城。

---

① 扬州慢：词牌名，又名《郎州慢》，上下片九十八字，平韵。此调为姜夔自度曲，后人多用以抒发怀古之思。

② 淮左名都：指扬州。宋朝设有淮南东路和淮南西路，扬州是淮南东路的首府，故称。左，古代方位名。面朝南时，东为左，西为右。

③ 少驻：稍作停留。

④ 春风十里：杜牧诗云“春风十里扬州路，卷上珠帘总不如”，此处借指扬州。

⑤ 胡马窥江：指金主完颜亮率金兵侵略长江流域，第二次洗劫扬州。

杜郎俊赏，算而今重到须惊。
纵豆蔻词工[⑥]，青楼梦好[⑦]，难赋深情。
二十四桥[⑧]仍在，波心荡，冷月无声。
念桥边红药[⑨]，年年知为谁生！

⑥ 豆蔻词工：杜牧诗云："娉娉袅袅十三余，豆蔻梢头二月初。"豆蔻，形容少女美丽动人。

⑦ 青楼梦好：杜牧《遣怀》诗："十年一觉扬州梦，赢得青楼薄幸名。"青楼，妓院。

⑧ 二十四桥：扬州城内古桥，即吴家砖桥，也叫红药桥。

⑨ 红药：红芍药花，是扬州繁华时期的名花。

Slow Song of YangZhou

In the famous town east of River Huai
And scenic spot of Bamboo West,
Breaking my journey, I alight for a short rest.
The three-mile splendid road in breeze have I passed by
It's now overgrown with wild green wheat and weeds.
Since Northern shore was overrun by Jurchen steeds,
Even the tall trees beside the pond have been war-torn.
As dusk is drawing near,
Cold blows the born;
The empty town looks drear.

The place Du Mu the poet prized,
If he should come again today,
Would render him surprised.
His verse on the cardamon spray
And on sweet dreams in mansions green

Could not express

My deep distress.

The Twenty-four Bridges can still be seen,

But the cold moon floating among

The waves would no more sing a song.

For whom should the peonies near

The bridge grow red from year to year?

史达祖

SHI DAZU

作者简介

史达祖（1163—1220），字邦卿，号梅溪，汴梁（今河南开封）人。南宋婉约派重要词人，推动宋词走向基本定型。

一生未第。早年任过幕僚，因力主抗金受太师韩侂胄赏识，负责撰拟文书，是其最亲信的堂吏。韩北伐失败后被诛杀，史达祖受黥刑流放，死于困顿。

史达祖的词尤工咏物，多写闲情逸致，但骨格不高。部分北行词充满了沉痛的家国之感，风格工巧，慷慨悲凉。今有《梅溪词》。存词一百一十余首。

双双燕[1]

过春社[2]了，度帘幕中间，去年尘冷[3]。
差池[4]欲住，试入旧巢相并。
还相雕梁藻井[5]，又软语、商量不定。
飘然快拂花梢，翠尾分开红影。

芳径，芹泥[6]雨润，爱贴地争飞，竞夸轻俊。
红楼归晚，看足柳昏花暝。
应自栖香[7]正稳，便忘了、天涯芳信。
愁损翠黛双蛾，日日画阑独凭。

---

① 双双燕：此曲是周邦彦首制，因为调即是题，故不再有标题。有版本标《咏燕》为题。

② 春社：春分前后祭祀土地神以祈祷丰收的日子。燕子每每在春社日归来。

③ 尘冷：指燕子旧巢尘封已久，比较冷清。

④ 差池：燕子飞行时，有前有后，形容燕羽参差不齐的样子。

⑤ “还相”句：好奇地张望雕梁藻井。相，仔细端详。雕梁，雕有或绘有图案的屋梁。藻井，绘有花纹的天花板，形状似井栏，故称藻井。

⑥ 芹泥：燕子用以筑巢的泥，里面有时含有植物纤维，以加固燕巢。杜甫有《徐步》诗：“芹泥随燕嘴。”

⑦ 栖香：栖息得很香甜，睡得很好。

A Pair of Swallows

Spring's growing old.
Between the curtain and the screen
The dust in last year's nest is cold.
A pair of swallows bank and halt to see
If they can perch there side by side.
Looking at painted ceiling and carved beams
And twittering, they can't decide,
It seems.
Clipping the tips of blooming tree,
They shed
The shadow of their forked tails so green
And cleave their way through flowers red.

Along the fragrant way
Where rain has wetted clods of clay,
They like to skim over the ground,

Striving to be fleet
In flight.
Returning late to mansion sweet,
They've gazed their fill, till in twilight
Dim willows are drowned,
And flowers fall asleep.
Now they'd be perching deep
In fragrant nest,
Forgetting to bring message from the end of the sky.
Grieved, with eyebrows knit, the lady's seen to rest
Her elbow on the painted balustrade and sigh.

阮郎归·月下感事

旧时明月旧时身，旧时梅萼[①]新。
旧时月底似梅人，梅春人不春。

香入梦，粉成尘，情多多断魂。
芙蓉孔雀夜温温，愁痕即泪痕。

---

① 梅萼：梅花的蓓蕾。

The Lover's Return

Deflections in Moonlight

The moon and I are still the same, it seems;
The mume puts forth new buds as of yore.
The mume-like fair lady steeped in moonbeams
Is no longer in spring as the mume I adore.

Its fragrance wafts into my dreams;
Its pollen falls like dust apart.
The burden of love has broken my heart.
Amorous of lotus blooms the phoenix appears;
While my grief turns into tears.

临江仙

草脚青回细腻，柳梢绿转条苗。

旧游重到合魂销。

棹[1]横春水渡，人凭赤阑桥。

归梦有诗曾见，新愁未肯相饶。

酒香红被夜迢迢[2]。

莫交无用月，来照可怜宵。

---

① 棹：划船的一种工具，形状和桨差不多。

② 迢迢：形容遥远、漫长。

Riverside Daffodils

The grass roots turn green tender,
And willow twigs turn slender.
The old place revisited would break my heart:
The boat still lies across waves green,
On Red-railed Bridge in vain I lean.

Verse written on dreams of old
And new grief leaves me cold
On long long night in red quilt when were far apart,
Don’t let the useless moon
Shine on poor me alone!

解佩令[1]

人行花坞[2]，衣沾香雾，有新词、逢春分付。

屡欲传情，奈燕子、不曾飞去，倚珠帘、咏郎秀句。

相思一度，秾愁一度，最难忘、遮灯私语。

澹月梨花，借梦来、花边廊庑，指春衫、泪曾溅处。

① 解佩令：词牌名，最早见于晏几道笔下。此调以《解佩令·玉阶秋感》为正体，双调六十六字，上片六句四仄韵，下片六句三仄韵。另有双调六十六字。

② 花坞：指可以四面挡风的花圃。

Doffing the Pendants

Strolling by flower-bed fine,
My robe fragrant with dew,
I'd confide to spring my verse new.
Often would I send my love,
But swallows won't carry it above
For him to read by pearl screen my clever line.

Deep, deep am I lovesick;
My sorrow is thick, thick.
How could I forget his whisper by lamplight?
Pear blossoms steeped in pale moon light,
I'd come in borrowed dream to gallery by flowers
To show him my sleeves wet with tears fallen in showers.

黄机

HUANG JI

作者简介

黄机，生卒年不详，字几仲（一作几叔），东阳（今浙江金华）人。

曾仕宦州郡。他力主抗金，心怀恢复中原失地的宏愿，可惜郁郁不得志。

多与岳珂唱酬，还寄词给辛弃疾。今有《竹斋诗余》。存词九十六首。

忆秦娥

秋萧索。梧桐落尽西风恶。

西风恶。数声新雁，数声残角。

离愁不管人飘泊。年年孤负[1]黄花[2]约。

黄花约。几重庭院，几重帘幕。

① 孤负：辜负。

② 黄花：此处指菊花。

Dream of a Fair Maiden

In autumn bleak
Plane trees are ripped of leaves, hearing the west wind shriek.
Hear the west wind shriek!
The wild geese scream forlorn;
And moans the broken horn.

The parting grief won't care for a wanderer's heart,
Year after year from golden flowers kept apart.
From flowers kept apart,
By courtyard on courtyard, your house unseen
Is veiled by screen on screen.

张辑

ZHANG JI

作者简介

张辑，生卒年不详，生平事迹不详，字宗瑞，鄱阳（今江西鄱阳）人，有词作留世。

月上瓜洲①

江头又见新秋。几多愁。
塞草连天何处、是神州②。

英雄恨，古今泪，水东流。
惟有渔竿明月、上瓜洲③。

---

① 月上瓜洲：本词原调名为《乌夜啼》，作者取末句意改为《月上瓜洲》。
② 神州：一般指中国。此处指京都。
③ 瓜洲：位于长江北岸，是运河入长江处，有渡口与镇江相通。

The Moon over Melon Islet

How much grief to see the autumn wind blows
By the riverside again!
Frontier grass skyward grows.
Where's the lost Central Plain?

Our heroes' tear on tear,
Though shed from year to year,
With the eastward-going river flows.
Only the moonshine
With my fishing line
On Melon Islet goes.

严仁

YAN REN

作者简介

严仁，生卒年不详，约宋宁宗庆元末前后在世，字次山，号樵溪，邵武（今福建邵武）人。

严仁好古博雅，工词，明艳工丽，多写男女爱情。与同族严羽、严参齐名，人称“邵武三严”。存词三十首。

诉衷情·章贡[1]别怀

一声水调解兰舟。人间无此愁。

无情江水东流去，与我泪争流。

人已远，更回头。苦凝眸。

断魂何处，梅花岸曲，小小红楼。

① 章贡：泛指赣江及其流域。此作以水寄托情思。

Telling Innermost Feeling

Parting at Rivers Zhang and Gong

Your boat sets sail after a farewell song;
No grief on earth deeper appears.
The feelingless river eastward flows along,
The faster with my tears.

Though far away,
You oft turn your head still
To gaze on what you will.
Where would your broken heart stay?
Amid the riverside mume flowers,
In one of the small crimson bowers.

刘克庄

LIU KEZHUANG

作者简介

刘克庄（1187—1269），初名灼，字潜夫，号后村，福建莆田人。南宋豪放派词人、江湖诗派诗人。

宋宁宗嘉定二年（1209年）以父荫入仕。后因得罪权贵被免官。淳祐六年（1246年），因其久有文名，宋理宗赐其同进士出身，官至工部尚书、建宁府知府，以龙图阁学士之职致仕。咸淳五年（1269年）逝世，终年八十三岁，谥号“文定”。

刘克庄的诗丰富，内容开阔，多针砭时政、反映民生之作，早年学晚唐体，晚年诗风趋向江西诗派。其词深受辛弃疾影响，多豪放之作，朝散文化、议论化方向发展，以伤时念乱之作著称。今存词一百三十余首。

沁园春·梦孚若[1]

何处相逢，登宝钗楼[2]，访铜雀台[3]。

唤厨人斫就，东溟[4]鲸脍，

圉人[5]呈罢，西极龙媒[6]。

天下英雄，使君与操[7]，余子谁堪共酒杯。

车千乘[8]，载燕南赵北，剑客奇才。

---

① 孚若：方信儒，字孚若，号好庵，福建莆田人，以使金不屈著名，著有《南冠萃稿》等。

② 宝钗楼：汉武帝时建，位于今陕西咸阳市。

③ 铜雀台：曹操时建，位于今河南临漳县西南。

④ 东溟：指东海。

⑤ 圉（yǔ）人：养马的官差。

⑥ 西极龙媒：西域宝马。西极，指西域，古时名马多来自西域。龙媒，骏马名。

⑦ 使君与操：刘备与曹操。使君，古时对州郡长官的称呼，此处指刘备。

⑧ 乘：古时一车四马叫乘。

饮酣画鼓如雷。谁信被晨鸡轻唤回。

叹年光过尽，功名未立，

书生老去，机会方来。

使李将军，遇高皇帝[⑨]，万户侯[⑩]何足道哉。

披衣起，但凄凉感旧，慷慨生哀。

⑨ 高皇帝：指汉高祖刘邦。

⑩ 万户侯：《史记·李将军列传》载，李广李将军曾与匈奴作战七十余次，以勇敢善战闻名天下。他虽有战功，却未得封侯。

Spring in a Pleasure Garden

Dreaming of a Deceased Friend

Again we meet in wineshop of the north
And the Bronze Bird Tower.
Let the cook make mince-meat
Of the whale caught in eastern sea,
And stablemen bring forth
The fiery western steeds for you and me.
Heroes there are in the world, You and I.
Who else deserves drinking in our company?
But I will call
Warriors and swordsmen who are not afraid to die.

Let the drums roll, and drink, drink deep!
But down to earth again: the cock wakes me from sleep.
So it is not to be, after all.

Great deeds might have been, had chance come my way.

It's too late now, I've lost my day.

Even a hero can only win honours high

Under a heroic sage.

Up! Let no future be overshadowed by a non-heroic age!

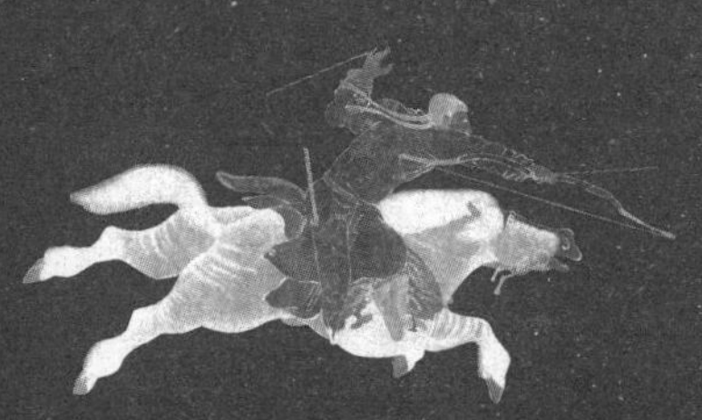

清平乐·五月十五夜玩月（之一）

纤云扫迹，万顷玻璃色。
醉跨玉龙游八极[①]，历历天青海碧。

水晶宫殿飘香，群仙方按霓裳[②]。
消得几多风露，变教人世清凉。

① 八极：形容极远的地方。

② 霓裳：乐曲名，唐代宫廷舞曲《霓裳羽衣曲》的简称。

Pure Serene Music

Enjoying the Moon on the 15th Night of the 5th Moon

Fine clouds swept away leave no trace
But a vast firmament with glass-colored face.
Drunk, I ride the jade dragon to tour on high
And clearly see a sealike azure sky

The fragrant crystalline palace is loud
With the immortals' song of rainbow cloud.
If they but spare some dew and breeze,
How the cooled human world would live with ease!

清平乐·五月十五夜玩月（之二）

风高浪快，万里骑蟾背[①]。
曾识姮娥[②]真体态。素面元无粉黛。

身游银阙珠宫。俯看积气蒙蒙。
醉里偶摇桂树，人间唤作凉风。

---

① 蟾背：指月宫。蟾，即蟾蜍，俗称蛤蟆，月之灵兽。后人以蟾蜍为月的代称。

② 姮娥：即嫦娥。

Pure Serene Music

Enjoying the Moon on the 15th Night of the 5th Moon

The wind and tide run high;
I ride the Toad miles and miles up the sky.
I see the Moon Goddess dance with grace,
Unpowdered her pure face.

I tour the silver palaces with towers impearled;
Below I can't discern the mist-veiled world.
Drunk, the Moon Goddess shakes the laurel trees,
On earth blows a cool breeze.

清平乐·赠陈参议师文侍儿

顷在维扬，陈师文参议家舞姬绝妙，赋此。

宫腰束素[①]，只怕能轻举。
好筑避风台[②]护取，莫遣惊鸿飞去。

一团香玉[③]温柔，笑颦[④]俱有风流。
贪与萧郎[⑤]眉语，不知舞错《伊州》[⑥]。

---

① 束素：形容女子腰细如一束素绢。
② 避风台：据《赵飞燕外传》载，赵飞燕身轻不胜风，汉成帝专为其筑建七宝避风台。
③ 香玉：形容女子芳香而貌美。
④ 笑颦：欢乐与忧愁。
⑤ 萧郎：本指梁武帝萧衍。此处借萧衍喻情郎，也泛指所尊重的对象。
⑥《伊州》：舞曲名。

Pure Serene Music

The Fair Dancer of a Friend

Her slender waist with girdle white
Can be lifted up on the palm of a hand.
A wind screen should be built to shield her on the height,
Lest she might fly away like a swan from the land.

Tender like fragrant jade,
Coquetry in her smile or frown may be displayed.
She flirts with her love, speaking by her eyebrows long,
Knowing not if her dancing steps are wrong.

卜算子

片片蝶衣轻①，点点猩红②小。

道是天公不惜花，百种千般巧。

朝见树头繁，暮见枝头少。

道是天公果惜花，雨洗风吹了③。

① 蝶衣轻：形容花瓣像蝴蝶翅膀那样轻盈。

② 猩红：像猩猩的血一样鲜红。

③ 了：尽。

Song of Divination

Petal on petal light as wings of butterfly,
Blossom on blossom red like scarlet dots small,
If flowers find no favor with the Lord on high,
How can they be so pretty one and all?

At dawn the trees in full blossom are fine;
At dusk few blooms on the branches remain.
If flowers find indeed favor divine,
Why are they blown down by strong wind and rain?

吴文英

WU WENYING

作者简介

吴文英（约1200—约1272），字君特，号梦窗，晚年号觉翁，四明（今浙江宁波）人。

一生未第，游幕终身。于苏、杭、越三地居留最久，曾以幕僚身份入苏杭一带权贵之门。晚年客居越州，先后为浙东安抚使吴潜及嗣荣王赵与芮门下客，后困踬而死。

长于修辞，精通乐理，词风秾艳丽密。不过有时辞藻过甚，不免堆砌晦涩。在词坛流派的开创和发展上有较高的地位，对后世词坛有较大的影响。今存词三百五十余首。

浣溪沙

门隔花深①梦旧游，夕阳无语燕归愁。

玉纤②香动小帘钩。

落絮③无声春堕泪，行云有影月含羞④。

东风临夜冷于秋。

---

① 门隔花深：指旧游之地。花深，万紫千红，春意浓郁。

② 玉纤：指女子的纤纤玉手。

③ 落絮：空中飘落的花絮。

④ 月含羞：指云遮月。此处喻女子离别时怕被对方发现落泪，以手遮面。

Silk-Washing Stream

I dreamed of the door parting me from my dear flower,
The setting sun was mute and homing swallows drear.
Her fair hands hooked up fragrant curtains of her bower.

The willow down falls silently and spring sheds tear;
The floating clouds cast shadows when the moon feels shy;
The spring wind blows at night colder than autumn high.

风入松[①]

听风听雨过清明，愁草《瘞花铭》[②]。
楼前绿暗分携[③]路，一丝柳一寸柔情。
料峭春寒中酒[④]，交加[⑤]晓梦啼莺。

西园日日扫林亭，依旧赏新晴。
黄蜂频扑秋千索，有当时纤手香凝。
惆怅双鸳[⑥]不到，幽阶一夜苔生。

---

① 风入松：词牌名，又名《风入松慢》《松风慢》《远山横》《销夏》。以晏几道《风入松·柳阴庭院杏梢墙》为正体，双调七十四字，上下片各六句，四平韵。另有双调七十二字。

② 《瘞（yì）花铭》：庾信有《瘞花铭》。古代常把铭文刻在墓碑或者器物上，内容多为歌功颂德，以表哀悼。瘞，埋葬。铭，一种文体。

③ 分携：分手，分别。

④ 中酒：醉酒。

⑤ 交加：形容杂乱。

⑥ 双鸳：指女子的绣花鞋，此处指女子本人。

Wind Through Pines

Hearing the wind and rain while mourning for the dead,
Sadly I draft an elegy on flowers.
Over dark green lane hang willow twigs like thread,
We parted before the bowers.
Each twig revealing
Our tender feeling.
I drown my grief in wine in chilly spring;
Drowsy, I wake again when orioles sing.

In West Garden I sweep the pathway
From day to day
Enjoying the fine view
Still without you.
On the ropes of the swing the wasps often alight

For fragrance spread by fingers fair.
I'm grieved not to see your foot traces, all night
The mossy steps are left untrodden there.

唐多令

何处合成愁？离人心上秋[①]，纵芭蕉不雨也飕[②]飕。

都道晚凉天气好，有明月，怕登楼。

年事梦中休，花空烟水流，燕辞归客尚淹留[③]。

垂柳不萦裙带[④]住，漫长是，系行舟。

---

① 心上秋："心"上加"秋"字，即合成"愁"字。

② 飕：形容风雨的声音。这里指风吹芭蕉叶之声。

③ "燕辞"句：指燕子已经飞回南方的故乡，只有我这个游子还在异地滞留。此句化用曹丕《燕歌行》："群燕辞归鹄南翔，念君客游思断肠。慊慊思归恋故乡，君何淹留寄他方。"客，词人自指。

④ 裙带：指别去的女子。

Song of More Sugar

Where comes sorrow? Autumn on the heart
Of those who part.
See the banana trees sigh without rain or breeze!
All say that cool and nice is night,
But I won't climb the height
For fear of the moon bright.

°

My years have passed in dreams
Like flowers on the streams.
The swallow gone away,
In alien land I still stay.
O willow twigs, long as you are,
Why don't you gird her waist and bar
Her way from going afar!

醉桃源[①]·赠卢长笛[②]

沙河塘[③]上旧游嬉，卢郎年少时。
一声长笛月中吹，和云和雁飞。

惊物换，叹星移[④]。相看两鬓丝。
断肠吴苑[⑤]草凄凄，倚楼人未归。

---

① 醉桃源：词牌名。双调，四十七字，上片四句四平韵，下片五句四平韵。

② 卢长笛：据词，是词人的一位老相识，极有可能还是词人的一位老乡，系一下层社会的乐工。

③ 沙河塘：杭州的一条街道。在余杭门内，南宋时繁华之处。

④ 物换、星移：景物改换，星度推移。谓时序变迁，岁月流逝。

⑤ 吴苑：指苏州。苏州为春秋吴地，有宫阙苑囿之胜。后因以吴苑为苏州的代称。

Drunk in Peach Grove

For Lu the Flutist

We made merry by Sandy Stream on olden day,
When you were young and gay
You blew your flute wafting to the moon with the breeze,
And flew with cloud and wild geese.

Surprised how stars on high
And things below have changed, I sigh.
We look at each other with temples grey.
In broken-hearted royal garden grass grows drear;
Leaning on rails, we wait for one never to appear.

刘辰翁

LIU CHENWENG

作者简介

刘辰翁（1232—1297），字会孟，号须溪，又自号须溪居士、须溪农、小耐，庐陵灌溪（今江西吉安）人，南宋末年爱国词人。

景定三年（1262年），登进士第，因廷试触忤权臣贾似道被列丙等，得耿直之名，后以母老为由请为濂溪书院山长。后应江万里邀入福建转运司幕、安抚司幕。度宗咸淳元年（1265年），为临安府教授，后入江东转运司幕。咸淳五年（1269年）在中书省架阁库任事，丁母忧而辞官。宋亡后，刘辰翁隐居不仕，埋头著书以终老。

刘辰翁致力于文学创作和文学批评活动，为后人留下了丰厚的文化遗产，作词数量仅次于苏轼、辛弃疾。其风格取法苏辛而又自成一体，豪放沉郁，不假雕琢，真挚动人。今存词三百五十余首。

柳梢青

铁马蒙毡，银花[①]洒泪[②]，春入愁城。
笛里番腔，街头戏鼓[③]，不是歌声。

那堪独坐青灯，想故国高台月明。
辇下[④]风光，山中岁月，海上心情！

① 银花：花炮，俗称“放花”苏味道《正月十五夜》：“火树银花合。”
② 洒泪：兼用杜甫《春望》“感时花溅泪”意。
③ “笛里”二句：指蒙古的流行歌曲，鼓吹杂戏。
④ 辇下：皇帝辇毂之下。此处代指京城。

Green Willow Tips

Tartar steeds in blankets clad,
Tears shed from lanterns 'neath the moon,
Spring has come to a town so sad.
The flutes playing a foreign tune
And foreign drumbeats in the street
Can never be called music sweet.

How can I bear to sit alone by dim lamplight,
Thinking of northern land now lost to sight
With palaces steeped in moonlight,
Of southern capital in days gone by,
Of my secluded life in mountains high,
Of the sea's grief for seeing heroes die!

周密

ZHOU MI

作者简介

周密（1232—1298），字公谨，号草窗、霄斋、蘋洲、弁阳老人、四水潜夫、华不注山人等，祖籍济南。宋末元初词人、文学家、书画鉴赏家。

出身于五世官宦家庭，青年时随父宦游多地，父逝世后以门荫入仕。后因督买公田一事得罪权相贾似道而辞官。宋度宗咸淳年间，先后出任两浙运司掾属、丰储仓检查。期间他广泛交游，参加吟诗结社活动。宋亡后定居杭州，与遗民结交，专心著述不仕，终年六十七岁。

擅长诗词书画，其词作品典雅秾丽、格律严谨，亦有时感之作。今存词一百五十余首。

闻鹊喜·吴山[1]观涛

天水碧[2]，染就一江秋色。
鳌戴雪山[3]龙起蛰[4]，快风吹海立。

数点烟鬟[5]青滴，一杼霞绡红湿。
白鸟明边帆影直，隔江闻夜笛。

---

① 吴山：在今浙江省杭州市西湖东南。登山可俯临钱塘江，是观赏钱塘潮的理想位置。

② 天水碧：一种浅青的染色。《宋史·南唐李氏世家》：“煜之妓妾尝染碧，经夕未收，会露下，其色愈鲜明，煜爱之。自是宫中竞收露水染碧以衣之，谓之天水碧。”

③ 鳌戴雪山：如山的白潮为鳌所戴起。戴，承载的意思。《列子·汤问》载，巨鳌载起了海上各仙山。

④ 龙起蛰：龙冬眠惊蛰而起，搅翻潮水。

⑤ 烟鬟：形容远处的青山。

Glad to Hear Magpies

Waves Viewed from Wushan

The sky with water blends,
The river dyed in autumn hues extends.
Snow-crowned hills and dragons rise from the deep;
Swift wind blows the sea up like a wall steep.

Blue dots seem to drip from mist-veiled hills,
The rainbow clouds redden the sky like grills.
Far away white birds mingle with sails white,
Beyond the stream we hear a flute at night.

WEN TIANXIANG 文天祥

作者简介

文天祥（1236—1283），初名云孙，字宋瑞，一字履善，号文山，庐陵（今江西吉安）人，南宋末年政治家、文学家、民族英雄。

宋理宗宝祐四年（1256年）状元，任军器监、学士院权直等职。因得罪宦官董宋臣、权臣贾似道而受到排挤，一度隐居文山。德祐元年（1275年），元军进攻宋朝，文天祥散尽家产，召集义军勤王，任右丞相，封信国公。宋亡前奉使元营被拘，脱归后继续坚持抗元，被俘后凛然就义，终年四十七岁。明代追封“忠烈”。

文天祥工诗文，多爱国慷慨之作。其风格豪放奔放，被称为“诗史”。他在《过零丁洋》中所作的“人生自古谁无死，留取丹心照汗青”，气势磅礴，情调高亢，激励后人。今有《文山集》《文山乐府》。存词十一首。

酹江月·和友《驿中言别》

乾坤能[1]大，算蛟龙元不是池中物。
风雨牢愁无著处，那更寒蛩[2]四壁。
横槊[3]题诗，登楼作赋，万事空中雪。
江流如此，方来还有英杰。

堪笑一叶漂零，重来淮水，正凉风新发。
镜里朱颜都变尽，只有丹心难灭。
去去龙沙[4]，江山回首，一线青如发[5]。
故人应念，杜鹃枝上残月。

① 能：同"恁"，这样。

② 寒蛩（qióng）：深秋的蟋蟀。

③ 槊：长矛，古代的一种兵器。

④ 龙沙：指北方沙漠。《后汉书·班超传》载："定远慷慨，专功西遐。坦步葱雪，咫尺龙沙。"李贤注："葱岭、雪山、白龙堆，沙漠也。"

⑤ 一线青如发：语出苏轼《澄迈驿通潮阁》诗："青山一发是中原。"

Drinking to the Moon on the River

Reply to Farewell in Post House

Immense is the universe.

Could dragons be imprisoned in pools so small?

How can we stay in wind and rain,

In grief and pain?

How can we bear

Cold crickets' chirp at the foot of the wall?

Where is the hero, spear in hand, crooning his verse?

And where's the talents' tower?

All has vanished like snow in the air.

Seeing the river

Running forever,

We need not fear

No hero would appear.

Alas! Like wafting leaves, you and I,

We come again to River Huai,

When the cold breeze begins to blow.

In the mirror we find a face aged in woe,

But still unchanged is our loyal heart.

Now for the northern desert we start;

Turning our head,

We see a hairlike stretch of land outspread.

If my old friend should think of me,

Listen to the wailing cuckoo on the moonlit tree!

王沂孙

WANG YISUN

作者简介

王沂孙，（？—约1290），字圣与，号碧山、中仙，因居玉笥山，又号玉笥山人，会稽（今浙江绍兴）人。

工词，尤以咏物为工，善于体会物象以寄托感慨，风格接近周邦彦，含蓄深婉，其清峭处又颇似姜夔，琢语峭拔。其词章法缜密典雅，是一位有显著艺术个性的词家。宋亡时，有不少感时怀国之作，与周密、张炎、蒋捷并称“宋末词坛四大家”。今有《碧山乐府》(又名《花外集》)。存词六十余首。

齐天乐·蝉

一襟余恨宫魂断[①]，年年翠阴庭树。
乍咽凉柯[②]，还移暗叶，重把离愁深诉。
西窗过雨。怪瑶佩[③]流空，玉筝调柱。
镜暗妆残，为谁娇鬓尚如许[④]。

铜仙[⑤]铅泪似洗，叹携盘去远，难贮零露。
病翼惊秋，枯形阅世，消得斜阳几度。
余音更苦。甚独抱清商[⑥]人，顿成凄楚。
谩想[⑦]薰风[⑧]，柳丝千万缕。

① “一襟”句：宫妃满怀离恨，愤然魂断，化作一只衰蝉。一襟，满腔。宫魂断，用齐后化蝉之典。

② 凉柯：秋天的树枝。

③ 瑶佩：喻蝉鸣声美妙。下文“玉筝”同。

④ “镜暗妆残”二句：即使不装扮，容颜憔悴，为何还那么娇美。魏文帝宫女莫琼树制蝉鬓，缥缈如蝉。娇鬓，美鬓，借喻蝉翼的美丽。

⑤ 铜仙：用汉武帝金铜仙人典。

⑥ 清商：清商曲，古乐府之一种，曲调凄楚。

⑦ 谩想：空想。

⑧ 熏风：南风，此处指夏天。

A Skyful of Joy

The Cicada

The cicada transformed from the wronged Queen of Qi
Pours out her broken heart from year to year on the tree.
It sobs now on cold twig and now on darkened leaves;
Again and again
It laments her death and grieves.
When the west window's swept by rain,
It sings in the air as her jasper pendant rings
Or her fair fingers play on zither's strings.
No longer black is now her mirrored hair.
I ask for whom its wings should still be black and fair.

The golden statue steeped in tears of lead
Was carried far away with plate in days of old.
Where can the cicada find dew on which it fed?

Its sickly wings are afraid of autumn cold,
And its abandoned form has witnessed rise and fall.
How many sunsets can it still endure?
Its last song is saddest of all.
Why should it sing alone on high and pure
And suddenly appear,
So sad and drear?
Can it forget the summer breeze
When waved thousands of twigs of willow trees?

蒋捷

JIANG JIE

作者简介

蒋捷（1245—1305后），字胜欲，号竹山，人称竹山先生、樱桃进士，阳羡（今江苏宜兴）人，先世为宜兴大族。

南宋咸淳十年（1274年）进士。南宋亡，蒋捷深怀亡国之痛，隐居太湖不仕，其气节为时人所重。

工词，尤以造语奇巧之作，在宋末词坛上独树一帜。其风格多样，以洗练缜密、悲凉清俊为主。其词多抒发故国之思、山河之恸。今有《竹山词》。存词九十首。

一剪梅·舟过吴江[1]

一片春愁待酒浇。江上舟摇，楼上帘招[2]。

秋娘渡[3]与泰娘桥[4]，风又飘飘，雨又萧萧[5]。

何日归家洗客袍。银字笙[6]调，心字香烧。

流光容易把人抛，红了樱桃，绿了芭蕉。

---

① 吴江：江苏县名，位于今苏州南。

② 帘招：指酒旗。

③ 秋娘渡：指吴江渡。秋娘，唐代歌伎常用名，或有用以通称善歌貌美之歌伎者。又称杜仲阳，为唐德宗时镇海军节度使李锜侍妾。渡，一作“度”。

④ 桥：一作“娇”。

⑤ 萧萧：象声，雨声。

⑥ 银字笙：管乐器的一种。

A Twig of Mume Blossoms

My Boat Passing by Southern River

Can boundless grief be drowned in Spring wine?
My boat tossed by waves high,
Streamers of wineshop fly.
The Farewell Ferry and the Beauty's Bridge would pine:
Wind blows from hour to hour;
Rain falls shower by shower.

When may I go home to wash my old robe outworn,
To play on silver lute
And burn the incense mute?
Oh, time and tide will not wait for a man forlorn:
With cherry red spring dies,
When green banana sighs.

虞美人·听雨

少年听雨歌楼上，红烛昏罗帐[①]。
壮年听雨客舟中，江阔云低、断雁[②]叫西风。

而今听雨僧庐下，鬓已星星[③]也。
悲欢离合总无情[④]，一任[⑤]阶前、点滴到天明。

---

① 罗帐：古代床上的纱幔。

② 断雁：失群的孤雁。

③ 星星：白发点点如星，形容白发很多。

④ 无情：无动于衷。

⑤ 一任：听凭，任凭。

The Beautiful Lady Yu

Listening to Rain

While young, I listen to rain in the house of song,
Overjoyed in curtained bed
Beside a candle red.
In prime of life I heard rain on the river long,
In lonely boat, when wailed wild geese
Beneath low clouds in western breeze.

Now that I listen to rain under temple's eave,
My hair turns grey
Like starry ray.
Who cares if men will meet or part, rejoice or grieve?
Can I feel joy or sorrow?
Let it rain till tomorrow!

霜天晓角

人影窗纱[①]。是谁来折花。

折则从[②]他折去，知折去、向谁家？

檐牙[③]。枝最佳。折时高折些。

说与折花人道，须插向、鬓边斜[④]。

---

① 人影窗纱：倒装句，谓纱窗映现出一个人影。影，此处活用作动词，映照影子的意思。

② 从：听随，听任。

③ 檐牙：屋檐上翘起如牙的建筑物。

④ 鬓边斜：意指斜插在两鬓。

Morning Horn and Frosty Sky

A shadow's seen
Past window screen.
Who comes to pluck flowers from my trees?
You may pluck what flowers as you please.
I do not know
To whom they'll go.

Those near the eaves
Are the best among green leaves,
To reach them you'd stand on tiptoe.
I tell you who pluck flowers: Don't you know
You will look fair,
If you put them aslant your hair?

张炎

ZHANG YAN

作者简介

张炎（1248—1314后），字叔夏，号玉田、乐笑翁。

官宦子弟，祖父张濡，父亲张枢，皆能词善音律。后元兵攻破临安，南宋覆灭，家人被杀，家财被抄，家道中落，四处漂泊，落魄而终。

张炎生平好为辞章，词风清空骚雅，与姜夔齐名。今有《山中白云词》。存词三百余首。

四字令[①]

莺吟翠屏，帘吹絮云。

东风也怕花瞋，带飞花赶春。

邻娃笑迎，嬉游趁晴。

明朝何处相寻。那人家柳阴。

① 四字令：词牌名，又名《醉太平》《凌波曲》等。

Song of Four Words

Orioles sing amid leafy trees green;
The breeze blows cloud-like willow down over the screen.
The east wind won't be blamed by blooms; It tries to bring
Their flying petals to overtake spring.

My neighbor's daughter greets me with a smile and says:
We should make merry when fine are the days.
Where can I find her tomorrow, at which hour?
In willows' shade before her bower.

烛影摇红[①]·答邵素心

隔水呼舟，采香何处追游好。
一年春事二分花，犹有花多少。

容易繁华过了。趁园林、飞红未扫。
旧酲[②]新醉，几日不来，绿杨芳草。

---

① 烛影摇红：词牌名，又名《忆故人》《秋色横空》《玉珥坠金环》等。此曲以毛滂词《烛影摇红·送会宗》为正体，双调四十八字，上片四句两仄韵，下片五句三仄韵。另有双调五十字。

② 酲：形容醉后神志不清的样子。

Flickering Red Candle

For Shao the Pure Heart

Across the stream I call for boat;
Where can I pick sweet blossoms afloat?
Spring beauty chiefly depends on flowers.
How few have not fallen in showers!

I will not miss the splendid bygone day
But enjoy before the fallen reds are swept away.
Let me drink the old wine anew,
For several days you're out of view.
Sweet grass in willows' shade spreads out for you.

珍珠令①

桃花扇底歌声杳。愁多少。便觉道花阴闲了。

因甚不归来，甚归来不早。

满院飞花休要扫。待留与、薄情知道。

知道，怕一似飞花，和春都老。

① 珍珠令：词牌名。双调五十二字，上片五句四仄韵，下片五句三仄韵。

Song of the Pearl

No song is heard with my peach blossom fan in hand.
How much I am annoyed!
Don't you know bloom and gloom are not enjoyed?
Why don't you come back to our land?
Why don't you come back soon?

Don't sweep the yardful of fallen reds away!
Leave them there till the fickle lover may
Return and know
That he should grow
Old as spring bloom and waning moon!

代后记

中国学派的文学翻译理论

中国学派的文学翻译理论源自中国的传统文化，主要包括儒家思想和道家思想，儒家思想的代表著作是《论语》，道家思想的代表著作是《道德经》。

《道德经》第一章开始就说："道可道，非常道；名可名，非常名。"联系到翻译理论上来，就是说：翻译理论是可以知道的，是可以说得出来的，但不是只说得出来而经不起实践检验的空头理论，这就是中国学派翻译理论中的实践论。其次，文学翻译理论不能算科学理论（自然科学），与其说是社会科学理论，不如说是人文学科或艺术理论，这就是文学翻译的艺术论，也可以说是相对论。后六个字"名可名，非常名”应用到文学翻译理论上来，可以有两层意思：第一层是原文的文字是描写现实的，但并不等于现实，文字和现实之间还有距离，还有矛盾；第二层意思是译文和原文之间也有距离，也有矛盾，译文和原文所描写的现实之间，自然还有距离，还有矛盾。译文应该发挥译语优势，运用最好的译语表达方式，来和原文展开竞赛，使译文和现实的距离或矛盾小于原文和现实之间的矛盾，那就是超越原文了。这就是文学翻译理论中的优势论或优化论，超越论或竞赛论。文学翻译理论应该解决的不只是译文和原文在文字方面的矛盾，还要解决译文和原文所反映的现实之间的矛盾，这是文学翻译的本体论。

一般翻译只要解决“真”或“信”或“似”的问题，文学翻译却要解决“真”或“信”和“美”之间的矛盾。原文反映的现实不只是言内之意，还有言外之意。中国的文学语言往往有言外之意，甚至还有言外之情。文学翻译理论也要解决译文和原文的言外之意、言外之情的矛盾。

《论语》说：“知之者不如好之者，好之者不如乐之者。”知之，好之，乐之，这“三之论”是对艺术论的进一步说明。艺术论第一条原则要求译文忠实于原文所反映的现实，求的是真，可以使人知之；第二条原则要求用“三化”法来优化译文，求的是美，可以使人好之；第三条原则要求用“三美”来优化译文，尤其是译诗词，求的是意美、音美和形美，可以使人乐之。如果“不逾矩”的等化译文能使人知之（理解），那就达到了文学翻译的低标准；如果从心所欲而不逾矩的浅化或深化的译文既能使人知之，又能使人好之（喜欢），那就达到了中标准；如果从心所欲的译文不但能使人知之、好之，还能使人乐之（愉快），那才达到了文学翻译的高标准。这也是中国译者对世界译论做出的贡献。

翻译艺术的规律是从心所欲而不逾矩。“矩”就是规矩，规律。但艺术规律却可以依人的主观意志而转移，是因为得到承认才算正确的。所以贝多芬说：“为了更美，没有什么清规戒律不可打破。”他所说的戒律不是科学规律，而是艺术规律。不能用科学规律来评论文学翻译。

孔子不大谈“什么是”（What？）而多谈“怎么做”（How？）。这是中国传统的方法论，比西方流传更久，影响更广，作用更大，并且经过了两三千年实践的考验。《论语》第一章中说：“学而时习之，不亦说（悦，乐）乎！”“学”是取得知识，“习”是实践。孔子只说学习实践可以得到乐趣，却不说什么是“乐”。这就是孔子的方法论，是中国文学翻译理论的依据。

总而言之，中国学派的文学翻译理论是研究老子提出的“信”（似）“美”（优）矛盾的艺术（本体论），但“信”不限原文，还指原文所反映的现实，这是认识论，“信”由严复提出的“信达雅”发展到鲁迅提出“信顺”的直译，再发展到陈源的“三似”（形似，意似，神似），直到傅雷的“重神似不重形似”，这已经接近“美”了。“美”发展到鲁迅的“三美”（意美，音美，形美），再发展到林语堂提出的“忠实，通顺，美”，转化为朱生豪“传达原作意趣”的意译，直到茅盾提出的“美的享受”。孔子提出的“从心所欲”发展到郭沫若提出的创译论（好的翻译等于创作），以及钱钟书说的译文可以胜过原作的“化境”说，再发展到优化论、超越论、“三化”（等化，浅化，深化）方法论。孔子提出的“不逾矩”和老子说的“信”“言不美，美言不信”有同有异。老子“信”“美”并重，孔子“从心所欲”重于“不逾矩”，发展为朱光潜的“艺术论”，包括郭沫若说的“在信达之外，愈雅愈好。所谓‘雅’不是高深或讲修饰，而是文学价值或艺术价值比较高。”直到茅盾说的：“必须把文学翻译工作提高到艺术创造的水平。”孔子的“乐之”发展为胡适之的“愉快”说（翻译要使读者读得愉快），再发展到“三之”（知之，好之，乐之）目的论。这就是中国学派的文学翻译理论发展为“美化之艺术”（“三美”“三化”“三之”的艺术）的概况。

许渊冲

2011年10月